珍本南社舊著叢刊・第一輯

鐵冷叢談

張夷 主編

劉鐵冷 著

目録

卷三

卷四

卷五

卷六

民權素第一集出版了

民權報小品文章之精良早已有目共賞祇以篇幅割裂貫串爲難閱者引爲憾事本書蒐集民權報小品文字之菁華暨文學家之投稿而成內容分爲十門（名著）（藝林）（游記）（詩話）（說海）（談叢）（諧藪）（瀛聞）（劇評）（碎玉）材料豐富亦莊亦諧鼓舞我人愉快的精神增進國民應有之常識活潑腦系廣見博聞較之單純以滑稽遊戲炫耀者迥然不同其中天仇之遊記海鳴之劇談雙熱之滑稽各記者之宏著五花八門令人眼花撩亂手不忍釋他若封面病鶴繪畫仕女之幽豔奇峰製版之精良尤爲三絕初版無多一經售罄决不再版愛閱者幸勿失之交臂

第二集繼續進行

每冊定價大洋五角外埠加郵費三分

民權出版部謹啓

孽冤鏡

本書爲雙熱君鈎心鬭角之傑著詞藻事跡早邀閱者歡迎歡爲與玉梨魂異曲同工之作孽海晨鐘於哀情小說別劈蹊境讀之令人大覺悟大解脫誠情魔之棒喝孽海之慈航

每册大洋五角

批發從廉

蘭娘哀史三版

雙熱著內容曾載民權畫報情節哀艷悱惻文筆簡凈正文外加以小評附以題詞酒後茶餘耐人尋味現已三版價值可以想見

每册大洋二角

批發從廉

民權出版部啓

序

男兒有所為寧失人傳亦無
使亦傳人嗤乎鑑於今時何
時禁譚之恨至今不可以已乎
然而有所為必有所戀戀之念
息慮之念緩以思才力羅為錯

磨勵以當此法芳雜遺奥
亦不易唯手鍊冷至固知其
業所能也業所能其斯業所
事業所事其斯業所傳非力
有不遑遑爲且偷安甚至
以求不歡人傳歡人傳寫不免

六

推移奚矣夫不欲人傳其祕而以
傳人者觀乎古今觀乎古功利之見
不存而論之必偏乎先嘆手鏡
論其所以然對宜家矣異來身
實勇君所之體目營之能進而不能
退來之所歷且忘之何暇以人觀

雜亂於言錢洽執筆乃
笑田海怩恐態忘足以傳
民國三年春周浩撰并書

鐵冷叢談序一

世界現象日闢日新文明事業之進行雲譎波詭而未知所極魁傑之士高掌遠蹠感思挾其所有馳騖八區生此世而他無表見規規然以文墨自娛陋矣文之至者可經緯百端下亦足雕鏤萬狀釋此不爲惟是撫拾聞見附於稗官野史之流抑又末矣余友劉君漢升之鐵冷叢談是亦稗官野史之流也如君之才殫精爲此以之披露於人間人不且匿笑矣乎然此非君志之所在特有託而爲比諸蒙莊之寓言云耳昔昌黎韓氏稱杜少陵詩云流落人間者泰山一豪芒蘇子瞻亦云此老詩外別有事在君之志願亦嘗高掌遠蹠思以馳騖八區退而託於文夫豈不足以經緯百端雕鏤萬狀顧遇不得當而蘊於中末由發展因廢然曰天下事皆無足爲者獨居深念侘傺無聊俯仰塵世一切可驚可愕可憎可喜之事凡接觸於耳目者舉足以助其不平之氣不平之氣積借筆墨以傾倒之一以摹繪情狀一以寓其牢愁叢

譚之作意蓋有託衡以君之志願不過泰山之一毫芒此外固別有事在也顧君年方壯跡之異日蘊蓄愈宏或者境益夷氣益平自足發揮意氣後有撰述當更恢張叢談之作特其嚆矢已耳誌之簡端所以見君志之有在以卜他日之所至云時民國三年三月某日也

雲間儀鄉胡常惪撰

鐵冷叢談序二

乙杖然藜卯金繼葉經生西漢黨派東林哲學舊稱聞人代有眷言後起應降通材爲歷史榮爲家乘光可斷言已吾友鐵冷先生淮澥英多彭城家世蚤年頭角雛鳳遜其清華弱冠文心雕龍得其妙肖鯉庭趨過詩禮衍及再傳龍門一登聲價增至十倍既而遨遊澥上倒屣爭迎馳騁文壇脫穎而出不是癡人說夢生花擅翰墨之長姑從壯歲著書摛藻得江山之助此譚叢一編之所繇輯也特是經成山海俗學視爲虛無篇譯老莊後人疑其玄渺甚至釋家奧妙動輒以爲荒唐道學幽深幾乎鄙爲旁左似茲闇陋罔識精微如先生者祖訓繼承清芬嗣續徵文獻于故里企人望于前朝正定風流端臨楷範念樓橋梓爲世所崇醉公衣鉢于邑有色盛或難繼理有固然先生迺坐擁書城磨穿鐵硯摭殘拾闕絕後空前懼薪穀之失傳一編長抱恐箕裘之遽墜七尺滋慚儻令家學淪湮國粹澌滅論讀書種子無乃疚心爲名

教羿人幾難立足謂我執事敢闊好音无悶琴劍一囊襆被萬里天涯荆棘世局滄桑窮較人奇拙惟我獨亦奏雕蟲之技徒增駑馬之羞以視夫槃槃大才航航巨集有上下牀之區別異大小巫之名稱不當羨之且愧之乎然而陽春白雪屬和殊艱下里巴人有聞起舞既結此癖敢已于言嗟嗟汜光湖東悵代飛于燕雁春申江上錫知己以鱗鴻展元箸而神馳索俚言而首弁自分譾陋勉竭朽枯酒酣劍鳴用引喤于前馬燈闌燭爐敢作糞于佛頭是爲序

同里王无悶撰

鐵冷叢談序三

摶摶大地渺渺無垠有一大動物焉不脛而走不翼而飛忽而莊忽而諧忽而戚忽而嬉其所哀樂足以奪人之哀樂其所悲歡足以奪人之悲歡寰球千萬里元會千百年無智愚賢不肖莫不爲所鼓盪爲所按摩物理家之留聲機無此奇心理家之催眠術無此神若是者爲何物乎曰小說與稗史是已稗史者小說之一種也小說多臆造稗史載佚聞舉凡畸人劍俠之異行名士美人之離合暴官汙吏之貪虐與夫人心鬼域之不可測當世所不敢道者而稗史載之齒頰所不能表者而稗史達之社會上種種變幻耳目所不及知者而稗史揭之嬉笑怒駡可泣可歌所以彰潛德而儆凶頑功至偉也古今稗史之作不可以更僕數然因果相生或多神話桃瑤互迭轉失淫靡造語一不愼則傷風敗俗隨之求一於社會有裨風化有關者則劉君鐵冷叢談之作尙已劉君嘗言天壤間不可無俠無俠則大慝生不可無情無情

則天理滅不可無溫嶠之犀以燭奸否則將成荊棘世界故於俠務求其奇於情務求其正於人心務求其善善惡惡則此叢談之作謂之游俠傳可也謂之艷史國史亦無不可鐵冷叢談既成索序於余余應之曰君以覺世的文字推行當世吾知此叢談也將本其慣性的魔力博取社會之歡迎風行萬里紙貴一時社會之改進人心之振刷與夫魑魅魍魎之斂跡皆將於此册卜之焉是爲序

婁江東訥沈章撰

鐵冷叢談序四

櫓月悄隮林風怒嘐古驩泬寥今緒坌涌濁酒欲醉則積痗不開青琴方理則孕愁無竭凝欲眷懷靈修盪情禪乘而齊諧恢譎郢說荒唐干寶以搜神爲能張華衒博物之作山阿有人謂是含睇要眇屋梁落月輒疑化魂儵忽鬼唱鮑家之詩蝶怨韓憑之魄靈風夢雨連犿徒傷黑塞青林驚颷欲絕求夫十九之言能寓五里之霧不迷意託渺緜事芟廣漠者則魏晉以下之說部罕有所見唐代以來之作家匙喻此趣瀏覽所及觖憾不免劉子鐵冷春蠶寸寸吐恨有文秋雁檝檝寫愁成字以文園賣賦之暇耽龍門著書之情以釣磯立譚之筆摹酉陽雜俎之體積晷既多都爲一帙則如豫讓橋橫鱄諸里古亡命倉海之側殺人都亭之中五百頭顱島雲壯田橫之客七尺須爨血淚賣聶政之姊凡諸奇俠備蒐軼聞橫攤讀之凜凜有生氣尚論古者稜稜出劍芒又或剗襪步階渡江理楫章臺柳色毿毿向人吳宮屧聲珊珊遲我陳王紅絲之枕離涕交頤韓掾青字之香驩言促席咸瓊屑之是摭茲金荃之列

集豈直飛燕外傳墜驩競拾抑亦楊娃小史影事不遺別有韓凌片石史宬贍觚孝女蹋波碑屹上虞烈媜題血嶺號清風茄花委鬼之毒霜霰蔽天蒭豆伎馬之芻城府撐劍亦復薰猶之臭別其差池涇渭之流判厥清濁有牛渚然犀之燐炤無吉光片羽之湮沒獨至厲鶩伯有草抗杜回被蘿帶荔之離奇鬼笑靈譚之愉悅則稽神之錄悉刪其幽玄無鬼之論不淆其觀聽睞彼紫姑箕靈上求下索黃州說怪怵目劌心者黍絫寸絜恉歸判然披誦一週距躍三百猶憶橐筆滬江讀君文字鼂燮藻以凝眢瑤悅珉而結色切情所感瀹於曜靈送景神交所流嘗以芳荃寄香時會不淹山川改色飢驅出走朅來都門浮雲長安徙橫攬古之涕夜雨巴山益愴覊燭之話心之憂矣我勞如何今獲新著如溫昔夢漢書是下酒之物杜詩爲驅瘧之導世有王吉當嗜長卿之文我類阮亭敬買留仙之誌

民國三年四月　既望江寧孫家樹轂任撰

鐵冷叢談序五

二十世紀之世界文明日闢治化日進歐風美雨震撼寰球生於今日之中國既不能於政治藝術上與歐美民族爭衡而內顧祖國日卽淪亡復不能爲中流之砥柱挽既倒之狂瀾致令沉沉大陸遍布妖氛芸芸衆生久罹塵刧不知興亡之有責竟謂時勢之難爲而顧於草堂夢回巖扉月上逞雕蟲之小技作捫虱之雄談倚馬萬言汗牛千卷在己雖自詡其著述之宏富在人能不譏其心志之虛鶩乎雖然政治可以治國家而不足以轉移社會藝術可以利民用而不足以感化人心則欲社會之改良人心之丕變固於政治藝術之外別有其道也然則本其救時之懷抱而發爲警世之文章藉以轉移社會感化人心俾俠士貞女留姓字於縹緗巨奸畏筆削如斧鉞夫亦志士仁人所有事矣劉子鐵冷具賈生憂時之懷疾秦政愚民之術值此豺狼當道狐鼠橫行小人道長君子道消不欲與聞政治乃致力於言論界

冀以輿論之代表而攝魔王之野心憂國之餘復將所得之遺聞軼事纂述成篇名日鐵冷叢談搜羅既富點綴尤工夫湘妃杞婦劉向傳烈女之篇郭解朱家司馬著游俠之傳鑄神禹之鼎魑魅競欲潛形燃溫嶠之犀鬼物咸知斂迹以彼例此有以異乎而况破世俗之迷信記不取乎搜神憎異說之荒唐論幾效乎無鬼嬉笑怒駡皆成文章羣怨興觀儼如詩旨彼鄭衆縱誇腹笥終嫌博而不精桓譚雖善詞條未免繁而寡要何若此審時立說取精用宏事非無稽言皆有物揭專制之罪惡拿皇與梅相同誅行潛德之幽光紅綫與黃衫並著金懸咸邑一字之增減猶難紙貴洛陽萬里之風行可卜例雖託於稗官野史功直同乎四史六經易俗移風效收旦夕迴黃轉綠聲震寰區是則叢談之作其有裨於世道人心非淺鮮也又豈同齊諧志怪虞初記異徒爲茶餘酒後遺興之資乎余與劉子雖未謀面然時於報端讀其文知其爲有志之士且知其將以文字轉移社會感化人心不徒以詞華自炫也因就管窺所及綴數言於簡端以誌景仰云爾

秋夢撰

鐵冷叢談序六

今以蕭家三品之筆續虞初九百之書其能寓袞鉞于行間壽縹緗于篋衍扶幹大雅立皆不朽之言砥柱橫流鑄盡辨奸之鼎茫茫斯世渺渺伊人洛陽市上雖多胜錄之編而咸邑門前絕少懸金之著是則蛇神牛鬼好謅蘇李之譚貝闕蜃樓妄拾欒徐之唾淩波夢雨言言强半荒唐誌怪搜神傾去只還舊水尤堪覆瓿無怪燒薪更或描摹蕩婦繪畫妖童秘辛妄自矜人穢史只堪置溺有汙篇簡貽玷風騷敗俗蠹民下流斯極吾無觀已彼何傳哉嗟夫道衡不再揣誰魚腹致藏嬴政難逢穢孰士林借解然而砂含璞韞地無寶藏之窮玉質金相代豈名流是乏是以百家龐駁子輿垂玉律之文六代靡卑伯玉奏黃鐘之響也吾友劉鐵冷者三吳名士兩到才人學既淹乎古今業更精于中外先知覺後化早著夫文翁國溺道援鐸更振乎尼父鵑啼洛下虞卿愁乃成書鶴去步中庾信憂而作賦于是燃脂暝寫吮筆晨書壽

陽白馬之謠燕市阿鳳之諺黍離麥秀江山之涕淚縱橫鵠隱鶯伏巖穴之功名蹇產與夫黃衫俠客紅拂嬌娃織錦姬人報韓公子席地幕天之士露筋斷臂之姝莫不賢惡同登幽潛畢表補千秋之信史備一世之談資豈徒北地中郎見而珍爲帳秘行看東都名士讀之推作國華猗與休哉夐乎美矣僕也庚公筵上雖識孟嘉劉尹風前倍懷叔度熱忱既景佩以無涯高文更愜服而罔藝今承謬諉用貢揄揚亦知觀弘治之姿人難爲美無如愛同功之繭蠶不忘絲是爲序

湖南南村楊行民撰

鐵冷叢談序七

嗟乎江山慘淡愛國淚多風雨晦明擊壺聲咽茫茫身世黯黯雲山憤有甚於觸山怨更深於蹈海乃揮椽筆著爲叢談其志其身亦可哀已劉子鐵冷時下名士雲中孤標玄箸超超作太常之後盾奇蹤落落追祭酒之前塵感夫過客衣冠不啻優孟燕台宮闕偏是棘荆見陌上之銅駝新亭灑淚抱懷中之香草長鋏羞彈自照鬢眉非肉食之伍我懷荆璞草孤憤之篇口欲生香花先綴筆可歌可泣亦莊亦諧豈徒深襲巾箱百篇珠玉不願懶開吟篋千首琳瑯聽雅樂於鈞天眩奇珍於海市讀君佳叶敢獻鄙忱考其內容可得言焉夫公子芙蓉佳人豈蔻脂香粉影黛色釵聲芳氣襲人嫩寒銷夢心心相印情絲以縛而愈牢惺惺互惜意緒以粘而更膩比鶼鶼之翼簿上徧註姻緣交鰈鰈之鬐有情都成眷屬此其豔也若夫風流有刦金粉工愁蘭蕙香消窻外之鶗鴂欲泣海棠枝瘦簾前之鸚鵡含悲命薄梨花向冰輪而悲

夜月淚盈斑竹隨紈扇以泣秋風慘淡一燈悽涼五夜此其哀也他若慷慨悲歌燕市之餘風未泯雞鳴狗盜齊門之絕技堪傳易水蕭蕭磨刀霍霍漆身吞炭酬國士之恩擊缶鼓琴誇相如之壯長卿因而作賦司馬樂爲執鞭此其激也或有孤標畸迹特立獨行落葉飄蕭盡是歸根之處閒雲冲淡原無出岫之心守其錚錚抱其硜硜幽明不渝其誓豐嗇不易其心縱愚夫婦所能爲實士林中所難得廉頑立懦警世覺民此其逸也至於睢陽之頭常山之舌不爲王侯所屈寧與螻蟻同歸或荼苦而銙清或仁成而義取或殺生衛母孝節可風或罷織訓兒閫範是式凡此節義靡不搜羅馴至燃溫嶠之犀燭照城狐社鼠鑄禹王之鼎不遺魅魑魍魎重光愁春絕無荒妄小倉解語便話風流無美不搜有聞必錄洵人間之寶鏡亦衰世之稗官嗟乎豺虎當途鳳麟匿跡風雷貫耳星月斂輝一卷離騷君悲屈子千秋有道我媿中郎

盱公徐振英撰

自敍

靈均放逐經著離騷韓子幽囚書傳孤憤怛傷世態不擇好音拂逆時情獨鳴清籟自古然矣冷才同綫短技愧蟲雕熠燿流宵光非爭夫日月駑駘泛駕尾豈附乎纖離第以投身濁溷蒿目時艱麈狀堪憎瘏音曷已林空木落杜鵑振此哀音月墮巖高山鬼訴其幽恨形窮牛渚聊然溫嶠之犀狀繪山經謬附姒王之鼎夫豈若東坡說鬼干寶搜神徒侈老氏之元精釋家之因果哉自惟蠹食卅春筆耕十載薈蕞煙花之譜糟醨游俠之篇博採遺聞碑窮黃絹旁搜稗乘貧典黑貂腹曬郝隆豈作枕中之祕顔閉匡鼎敢云柱下之藏付諸梓工彙爲緗帙言其大略蓋有三焉爾其吳市吹簫聲傳曲巷漸離擊筑歌起悲風暴憤嬴秦擲椎博浪忠誇民主搶首庭槐劍騎翩翩競說五陵年少儐從奕奕半爲三蜀英豪不有表彰何從獎勸他如江頭孝女勒石無傳塞外文姬捨身莫贖採桑却餽填海而效冤禽化石望夫登山而嗟行

役冰心霜操玉質蘭姿亦或格擅簪花詩能詠絮不櫛艷稱進士裁箋酷肖相如形管來輝令聞焉著至於亡國大夫貳臣列傳殃民牧守碩鼠貽譏公子王孫終結途窮之果驕妻麗妾竟成溷濁之花富貴浮雲禪關孰悟忠信至寶聖訓是膺用敲警世之鐘一震行人之鐸三生石上速懺前因五父衢頭休嫌逆耳人心世道庶有豸乎嗟嗟青燈有味皓月無垠睡眼模糊華池流沫蠶殭欲死猶抽乙乙之絲鮑臭難投漫覆便便之瓿斯則曲傳巴里言採芻蕘豈曰稗以備官亦云珠能記事焉爾

鐵冷叢談題詞

古今博物稱誰氏。前有張華後鐵子。吳均雜記未足云。干寶搜神胡爲爾。中原板蕩飛塵氛。長夜無日家世困。伏寶尙書銀魚帶。爛羊頭上珊瑚纓。先生身負垂天翼。大川未涉無舟楫。太息十室賢才空。欲張三世嚴筆削。昨聞草稿新纂修。畸人軼事咸搜求。馳騖九垓縱八圻。酉陽異苑疇其儔。嗚呼廚中有史軸有書。闒茸醉飽非吾徒。披香殿裏衣痕綠。黃公罏畔秋艸枯。男兒少壯弗釋褐。讀書莫致富貴逼。叢談中有百古人。付與名山作寶笈。君不見漢家蠟燭五侯烟。司馬史筆傳千年。侏儒甘爲守錢虜。不作雕龍作社鼠。

卷盦題

吾子飄然志不羣。江東獨步楚靈均。連天金革銷文氣。大地蟲沙走蠹芸。四庫光芒懸日月。九霄珠玉落風雲。龍門老去無餘輩。白眼摩挲讀典墳。

國學彫零三太息君才端合任扶輪不同鴻緒編明藁渾似齊賢紀薦紳檢點青山悲讖劫蒼涼紅豆數家珍河東莫問書千篋記取張郎是作人

卷盦再題

情似黃州說鬼神鬼神事涉寄懷眞匣中寶劍連朝嘯室內帷燈入夜春萬里星霜銷髀肉三秋風雨苦吟身賈生前席何須問且效陳思賦感甄

赤文綠字仙家籍四庫書成夜有光日下揮戈憐壯志月中吹角動愁腸美人紅豆相思苦司馬靑衫涕淚狂拚入生花五色筆虞初新史續江郎

虞懶僧題

生香妙筆任題詞鐵冷叢談亦是癡佛子幻來千面相文人老去百篇詩燒殘燭淚宵分候敲落燈花夜半時爲問頻年何所事登樓王粲正尋思

滄海桑田不可期吾來捉筆寫新辭綠窗人靜初成史紅袖香添正賦詩豈爲惜花春起早非關愛月夜眠遲董狐鐵案書生意存以甘棠去後思

懶僧再題

說鬼搜神未足誇才人詞筆自風華飄零客感憐飛絮憔悴情懷惜落花閱世空悲珠有淚立言差比玉無瑕名山著述傳千古一世牢愁莫漫嗟

美人香草續三閭穠豔眞如絕世姝紅綫黃衫工點綴城狐社鼠費描摹燭奸也比犀燃渚誌異甘遺豕負塗如此才華甘落拓神州危局仗誰扶

秋夢題

擂得生花筆一枝孤檠風雨寫新詞龍蛇虎豹趨贏腕雷雨風雲沒破帷不啻神奸通鑄鼎何殊牛渚燭燃犀粲花慣向東坡說饒卻蒼生說阿誰

招魂問帝寫離騷痛飲澆愁披髮號醉眼看天誰李白拔刀斫地我王么終宵蹴舞頻看劍五斗當門懶折腰何似于郎能述異睽車山海盡情描

天羽陳白題

海市蜃樓變萬端黃粱乍醒記邯鄲夢中彩筆今宵得案側青燈入夜寒閒煞寶刀

無地試且將劍鋏背人彈書成堪續聊齋後寰宇風行作大觀
勞勞形役百年身離合悲歡總夙因識破浮生原是幻莫將世事苦求眞新書出篋
傳名士芳冢埋香吊美人姑妄言之姑妄聽桃源何必問迷津

沈灝題

一剪梅

忙裏偸將塊壘澆心醉醇醪筆驗風騷人間好醜盡情描紙上驅濤頰上添毫信有
文光萬丈高壓倒枚皐嚇倒君苗琅編何但聘才豪照世燈燒警世鐘敲
羣盜猖狂正似毛城上狐驕道上琅嚎誰謀幸福餉同胞林有飛鴞木有升猱妙矣
先生筆類刀鬼也犇逃神也驚號昇平重慶國旗飄君奏仙韶我奏村謠

鐵沙竊庭趙學詩題

男兒立世間行道最爲樂生如不逢辰天爵傲人爵手中無斧柯假筆爲鋒鍔春秋
褒貶嚴彰善兼癉惡吾友鐵冷君禮約而文博深得孔子傳述而不之作搜輯古今

人事實編傳略美人寫正情奇俠書落拓社鼠與人妖直記使慚怍剔盡虛誕詞免得鑄大錯專制易共和刑酷過砲烙世道近益非民權盡剝削人生諸自由恐向河流却乎是復何言欲搏腕力弱吁嗟乎目擊神州將陸沉志士無一不驚愕人道滅絕大可憂乏術維持心焦灼憶昔孔子作春秋亂臣賊子心膽落吾子諄諄輯是書三吳文墨操祕鑰可以正人心可以勵俗薄可以當報曉之晨鐘可以作警衆之木鐸不畏文字獄再興心存救世甘鼎鑊

徐鏡澄題

背鄉王粲獨登樓眼底浮雲沒九州千古文章兒女怨一燈風雨鬼神愁赤衣有象搜牛渚藍縷何人識馬周回首中原齊墮淚數奇李廣不封侯

數奇李廣不封侯悔煞當年筆漫投烈士雄風埋馬革男兒大澤老羊裘文章知己長沙淚妻嫂嬌人季子羞壯不如人今已矣百年身世等浮鷗

百年身世等浮鷗絲盡春蠶死未休失路王孫憐歲暮無家倩女泣荒邱飄零紅粉

埋黃土落拓青衫半白頭一樣柔情一掬淚茫茫天地寄蜉蝣

茫茫天地寄蜉蝣說甚淸流與濁流一曲琵琶妃子墓五湖煙水美人舟脫開塵世輪鷄犬誤盡英雄喚馬牛俯仰古今同一哭背鄉王粲獨登樓

同里夢龍潘鍾醴題

綺羅香

斗笠芒鞋江淮踏遍贏得霜痕堆鬢呼馬呼牛誰把黃金買駿問大千兒女英雄怎事事都無我分縱新詞貯滿詩囊長門難救相如病　傷心我亦情種好借使君才調筆酣墨潤說鬼搜神吐盡胸中積憤向西風痛賦招魂把涕淚一齊揮盡倘他年化鶴歸來石上應重認

夢龍再題

今時非復古時淳君獨違時養本眞漫道世間多賤骨須知空谷有佳人拓開菊圃邀明月甘老桃源避虐秦一事縈心抛不得筆誅墨伐寫風塵

時到如今劇可哀，萬山落葉苦相催。鍊成鋼鐵何妨冷，記得心頭尚未灰。再次泣花悲夜雨，一聲驚蟄發春雷。大千多少難平事，事事賅收筆底來。

花奴題

海內有才人，狂歌常當哭。時不利吾謀，心驚腐草木。妙筆夢生花，世情慨清濁。窮愁憤著書，字字敲金玉。寶笈擬瑯環，芬芳更悱惻。癡魂和俠骨，個裏覓消息。今古多魔障，人心誅叵測。文字發光芒，乾坤頓生色。

豁盦題

集定庵句

青燈幾輩細丹鉛，不奈卮言夜湧泉。整我圖書三萬軸，未須料理五湖船。

萬重恩怨屬名流，儉腹高譚我用憂。從此不揮閒翰墨，東南一部小陽秋。

絕業名山幸早成，九流觸手緒縱橫。忽然閣筆無言說，請看床頭金字經。

虞山檗子龐樹柏題

風雨漫天魑魅四出蕭艾盈庭芝蘭摧抑士嬉於巷婦媟於室惟彼哲士蜷伏巖曲惟彼佳人湮沉空谷雙丸失光玄黃易色有君子焉憂心惻惻力挽狂瀾敢擅筆伐榮幾華袞貶亦斧鉞董狐筆嚴史魚諫直馬革斯榮彤管生色賞罰烹阿貪誅淫殛干寶神搜溫嶠犀燭猗歟休哉鐵冷之筆

同里哲夫盧文虎題

蕉鹿夢沈沈伊人感慨深憂來頻擊節恨極配椎琴香草靈均詠名姝子建吟吟成意何渺肯冷濟時心

天半墮朱霞驚看西日斜憑城狐作祟射影鬼含沙不有眉山筆誰知安石邪儒生期救世願力自無涯

澹菴題

浮生未値太平時寄託如斯理固宜游俠軼聞多郭解美人豔史有西施殊非干寶搜神意不似黃州聽鬼奇筆墨琳瑯書往事憑他傳信復傳疑

感遇傷懷幾輩癡江潭憔悴有誰知凄涼易水歌成後惆悵夷門頸斷時芳草美人
留豔迹雪泥鴻爪飾新辭柔情俠骨千秋著燦爛江郎筆一枝

天籟撰

專啓文明漫入幽人心世道細研求笑他長爪吟成癖牛鬼蛇神駭俗眸
豪俠有爲肝膽瀝德容兼備室家宜美人名士供蒐討都付生花筆一枝
譽毀須憑直道行胸中涇渭早分明汝南風俗依然在鄉黨爭推月旦評
申江設帳久名揚廻溯曾嗟阻且長惟有郵筒相唱和俚辭差可贈文房

安宜冷廬客撰

鐵冷叢談目次

◉卷五目次

◉卷六目次

鐵冷叢談卷一

寶應劉鐵冷著

燕尾兒

燕尾兒齊魯間大盜也身材瘦削術精飛縱矯捷若猿猱物無巨細一掠而過即失所在有不可思議者人無以名之名曰燕尾兒燕尾兒嗜酒好色平生無家室擇官眷之美麗者輒擄之去以充下陳踰時復送之還而移其寵於他人新舊代謝時有所聞綠瘦紅肥染指幾徧官家銜之刺骨莫可誰何清光緒初慕吳會山水南下至金閶眷一名妓朝出暮歸佔領香巢歷十餘日其至也風鳴四壁繡戶自開其寢也聲鼾如雷枕戈自警妓女苦之懼不敢聲久之浪蝶狂蜂漸耳其事白諸官密捕之燕尾兒不自知也某夕妓爲之侑觴醉之以酒夜未半捕者至燕尾兒驚而寤急起執刀禦之妓駭欲遁踢死焉旋聳身穿屋頂出既出見兵環列知不可脫遂就縛下

獄迨東方既白燕子已不翼而飛杳不知其所之矣閱年餘燕尾兒復見於魯省雖名捕不敢攖其鋒時有州牧某將履新任盡室偕行輕舟數艘蜿蜒而來錦帆高張夕陽斜照山明川媚中麗人三五或倚欄而望或面窗而坐彩霞與釵影齊輝玉顏共秋水一色燕尾兒見之怦然心動謂若翁來自何方萬貫腰纏何不為我分杯羹耶語時一躍登舟脫簪珥索珍寶婦孺驚惶無措垂手得之及僕婢呼救燕尾兒倏又不見從者咸錯愕唯大聲疾呼而已兩岸林木蕭蕭地曠人稀應者甚鮮少頃各舟漸近岸將聯合拘捕而燕尾兒已早立河畔摒擋作歸計矣舟中人攘臂爭先欲追而擒之燕尾兒高語舟中人曰吾燕尾兒也語畢信步而去明日報諸縣限令逮捕贓賊按律懲辦令唯唯之令本廉吏徒步來往大布衣冠州牧幕僚欺其忠厚聲色俱厲氣燄不可逼令抵署仰天大笑曰吾不慣作叩頭蟲果罣誤亦良得遂召差捕至問有識燕尾兒者乎皆大驚又問有能捕之者乎無一應者令亦奇曰彼何人斯盍言之衆曰名盜也案疊如山百不破一令曰汝等能捕之當以千金賞衆應命

退事經數月音跡杳然而上鋒命令急於星火旋革其職令離任緝獲數年不能得而令廉隅自矢宦橐蕭條一貧如洗居古寺中率妻及子臥牛衣而對泣不食蓋三日矣一日薄暮有路人哀其貧欲周之令辭不受路人嘉其行詳訊其家世令以實告路人頷之去須臾携酒飯狂奔而來力促之食令仍却之路人曰井上有李廉士食之何拘也實告汝我即燕尾兒苟執吾往官當可復令曰子義士也吾不忍殺汝以要功燕尾兒曰毋過慮苟利於汝吾不怨也令不可燕尾兒强之往步甚緩燕尾兒不能耐肩以行至城下使令縛其手押將官裏去並囑其詳言誘捕之術以張大其辭爲要賞地步令不慣作誑語投牒具實以陳新令尹喜甚因收之下獄供帳優隆以爲籠絡然請命大憲稽滯時日恐再逃脫謀所以牢縛之幕友某命製銅絲爲綱以囚之新令尹如其言命獄吏飲以醇酒醉而縶之燕尾兒既醒自歎曰吾命休矣然爲廉吏死固所願也閱旬餘遂棄市某令聞之惱傷殊甚曰我雖不殺伯仁伯仁由我而死於義云何因仰鬱成疾踰月亦亡後官家賞以千金復其官職使其妻

子攜骸骨歸葬於故鄉云

鐵冷曰燕尾兒盜也置之鼎鑊以正典刑宜也然能以一死報某令慷慨就義其奇男子乎爲某令者至不忍其死憤悶成疾與之偕亡其報亦隆矣哉

義主僕

和州葛曼卿富翁也行年八十而精神矍鑠如四十許人生平好施與每歲除夕遣人四出各以米一斗錢一貫潛至柴蓬而納之不使尨驚恐人爭奪也法於前數日派司賑散步荒郊密探人口多寡職業有無定施與之標準有人多極貧者則倍給之或三倍四倍不等迨東方既白爆竹聲闐嗷嗷哀鴻啓門而望則斗米千錢累累盈庭咸大喜過望如獲異珍而頌施主恩焉葛持之三十年如一日歲無歉豐未嘗間斷也庚戌皖省患水有朱姓者無爲產也家八口逃難至和死者過半僅存祖一孫一又瀕死而瘦骨珊珊淚痕滿面啜泣其旁者則十餘齡之弱女也哀號竟日所得錢不足購一蘆棺而女且氣促聲嘶行將餓死葛過其側見而憐之命僕買薄櫬

殮叟及童而葬於義塚時女偃臥屍旁已奄奄一息欲語不能成聲唯頻頻啓目注視葛翁而已翁又舁女歸灌以湯茶三日而興問其家世頗不俗叩其芳名曰芸姑芸姑感葛不已謂葬父恩愧無以報願賣身爲婢聊以自贖葛掀髯笑曰老夫豈望報耶汝歸無家可爲吾孫輩司針黹若以婢畜之非吾所願芸姑無奈許之歷線年年以償其衣食之當而葛氏無大小均以芸姑名之不以婢稱也芸姑提携孩童欵接閨秀卑以自牧誠懇異常卽馭同儕亦極和藹一門之內無不就之如日愛比趙衰焉翌年春某日向晚不戒於火勢已燎原而起點處爲葛翁之臥室一時烟霧瀰漫洞穿屋頂僮趨出呼救翁獨臥室中始則戰慄無力自脫繼爲烟迷昏暈而倒及家人齊集帷帳已燃樑棟將傾無敢冒火入者須臾火焰中忽一人負翁出旣出衣衫盡焦熱可炙手兩人旋仆家人急趨而前逼視之負翁者非他人乃芸姑也隨肩翁去敷以藥粉灌以飲料片刻而蘇又聞火勢已熄驚魂亦定神色如初無殊往昔也後檢視芸姑則額爛頭焦瘡痍滿面傷勢頗重殊非一二日所能痊愈越旬餘創

漸瘥痂盡結第覺面頰若關羽頭童如壽星耳可憐螓首蛾眉悉付一炬看他櫻唇杏臉竟似天然而霞綺燦燦牛山濯濯兒童多嬉笑之主人多哀憐之僮僕多祟拜之戲之者曰飛蛾重之者曰救星其令人起敬起愛可想而知又月餘翁病芸姑侍晨昏奉湯藥不解帶不交睫者兼旬雖子媳不是過也翁既死芸姑哀痛逾恒欲以身殉後經他人以勉事少主爲言此志始寢秋九月革命義起淮南盜賊橫行一夕忽聞人聲鼎沸鎗聲絡繹如聯珠如有變俄頃閽人喘汗而至大呼曰賊賊速逃男女老幼悉抱頭竄所未及行者則主婦與芸姑耳時主婦檢點珍寶携帶一二將僑裝作田婦扃門出倐見牆側一黑影飛奔而來因循廻廊繞出正室以避之賊又追蹤至大喝休走遂被獲賊先搜兩人物芸姑所提箱籠固不免卽主婦所懷珍寶亦探囊去繼見主婦不類村嫗旋以刀額其頸使曰藏金所在主婦驚駭欲狂語言錯亂賊怒將引刀刺芸姑跪而求免曰問藏金吾知之稔矣賊不信堅問主婦聲益厲芸姑懼被創又曰吾語汝一試何如賊從之果驗然白鏹數百不足饜其欲復捨主

婦而問芸姑芸姑不再吐箠楚備至隱忍其苦僞指所在地以延宕之良久無援救者賊亦愈怒刺其臂血流徧體芸姑堅持如故倏一少年至欲汚之芸姑大駭哀泣而告曰若輩所欲者珍寶耳吾實告若可也强語其處呼嘯散捲黃白物纍纍價値數萬金狂喜而去芸姑遂泣語主婦曰頃間棄主貨全主命權也小人受命守藏失貨而全身是溺職也溺職非義舉刀自殺黎明主人歸哀甚語人曰義僕雖萬鎰難買也吾不爲金錢惜吾爲芸姑痛耳事傳鄰里白叟黃童無不感其主僕之義而樂道津津焉噫可以風矣

鐵冷曰賣身葬父爲孝全身葆節爲貞殺身報主爲忠獨一義也乎哉嗚呼一守藏者而道德高尚自罰如是其嚴可敬也世之有守土職者日送國權於人而不聞刎頸以見志其亦愧此女僕也夫

秘密室

沈荃字貞蕤華亭人滿清順治間進士累官至禮部右侍郎謚曰文恪爲人好恬靜

耽風雅少時與某寺僧最友善僧工詩善書畫頗少塵俗氣惟較文恪爲豪放耳文恪朝夕過從或覽園景或談文藝久之成莫逆交凡家政之得失國事之變遷偶有所聞必與僧促膝而談論列長短而僧則租米之盈虧募化之難易亦時時殷勤告語歎物力之維艱焉然而知人其難心不如面時諸檀越多攜眷屬來寺建壇設醮兼之解夏時期盂蘭經誦龍華勝會九子神迎作孽者僧頻參歡喜未闡眞如妙諦先傳我佛拈花凡諸婦女無端走失羣疑之下有以穢事白文恪者謂歡喜園即衆香國女菩薩乃活觀音文恪必力辨之曰吾與僧晨昏與共風雨晦明無或間斷而禪房寺院足跡亦無不經月白風清鬼神可質乃指爲藏垢納污之所毋亦寃耶都人士以書癡目之不遽信亦不與辯某日文恪以事訪僧僧適他出寢門闢而未掩文恪排闥入室無居人小坐片刻翻貝葉經讀之僧久未歸倦甚就榻寢將栩栩入夢矣忽聞步履聲疑僧至躍身起趨出視之杳無蹤跡復入室徘徊良久悶甚忽見几上置屏風一中懸古銅鐘三信手彈指敲之錚錚作響韻幽而遠復以牙筯擊之

頗足悅耳怡情須臾見迎面畫屏蠕蠕動訝且驚料必穿墉之鼠擾人清興置若罔聞焉有頃琵縮聲停忽呀然一聲畫屏掩處一麗姝出櫻唇半啓瓠犀微露楚楚衣衫儼然一絕代佳人也正嬉笑間見立者非僧遂怯退文恪亦大驚謂發人陰私罪在不赦將轉身行而寺僧已迎面至知機密敗露力曳文恪返鍵門而錮之曰吾與汝雖至友然勢不兩立寧我負人人毋負我今寬汝罪任汝自盡可也隨出刀一繩一瓶一中儲藥酒置案上文恪哀求免謂吾與汝刎頸交決不爲汝昌言也僧怒曰汝不自裁尚待吾動手耶又出利刃光閃閃可照面文恪益駭始允所言惟求略假時間僧以三小時許之遂反鎖其門而去文恪泣不能仰汗出如雨自分必死繼而曰丈夫死則死矣何必作兒女態耶靜坐思脫計無所出及見一瓶始恍然悟乃傾其藥酒脫其汗濕之褻衣而塞於瓶中使之堅而有力備爲武器焉佈置畢坐而假寐運氣凝神以待未幾僧至將啓門文恪急閃身當門側而立僧甫踰閾入文恪兩手合握瓶頸猛擊其頭頓如血花四濺而寺僧仆矣文恪急擲瓶去狂奔而出立至

華亭署報案官命幹吏率數十人逕往該寺檢驗至則僧已死而衆僧亦多聞風遁因搜其秘密室得婦女十餘人皆眉目清秀翩翩然閨中翹楚也內有華屋數間陳設及供張亦雅潔亦華美各室相同復相通不知者茫然而入殊不能判別其異點且不知其所從出也搜畢付之一炬縱被脅者使各歸家當良家女無面目見父老效飛蛾之投火者十之六七其二三小家碧玉得慶更生無不感文恪之恩不置而文恪至此始信輿論非虛禪院僧房不可深入云

鐵冷曰室非散花何來天女林無紫竹也有觀音禪房化作洞房佛國成爲香國寺院誠極樂世界哉今之如某寺某僧者何可勝數民門閨秀藉佞佛結姻緣尤下於昔之被强迫者亦何可勝數噫佞佛乎佞僧耳

曾省三

曾省三中州貢士也性慷爽廉隅自重每對人言生平無二色年五十許爲鄂垣某校師辭簡容莊以身作則衣布衣冠儒冠立必正行必端耳不傾聽目不邪視道貌

岸然見者無不敬之友朋中或語涉嬉戲則怫然不悅曰非禮勿言聖訓也讀聖賢書所學何事或有意戲弄語以玩褻則拂袖去斥爲大不敬間有邀之啜茗或會讌者必踵門往矙以謝絕之終日手執人譜焚香默坐消遣世慮足不入闤闠目不睹稗乘案頭狠藉非明儒學案即朱程性理等書見言行可師則錄諸座右其自檢也嘗挾手記一册日有所爲暮則書之遇不可書者卽不敢爲其謹飭有如此將外出則必簡閱衣裳抖擻冠服其遇內則相敬如賓具食則正立端拱問疾則下牀答拜雖冠履之微閨闥之隱以禮自持又如此操修唯謹無間幽明生徒聞風興起者良多然受課時生徒或欠伸則曰正爾容聽必恭或蹲踞則曰足容恭坐毋箕或坐而論道則曰請業則起請益則起又曰長者不及毋儳言生徒受其呵斥不稍寬假有笑以頑固者有憾其壓制者有指爲僞道學者羣思中傷之無其機遂中止某夜更魚三躍聞剝啄聲啓戶視之身披一口鐘眼架金絲鏡翩翩一美少年排闥而入據案而坐曾疑爲英文教師欵以香茗擧碗齊眉少年亦正立受之曾曰先生來何暮

破却睡工夫有何見教少年起曰婢子乃天上神女奉觀音命來侍起居者曾駭甚曰李下瓜田君子所戒婦人行不執燭深夜犯人寢室禮制蕩然名節安在速去休婦曰先生規行矩步誠格神明婢子唐突而來寧不愧殺祇以道行淺薄下謫塵寰刼數難逃且與先生有一面緣無從稍釋耳曾神色不變自念曰不可不可婦又曰先生年近花甲膝下猶虛天道恢恢豈能令正人君子抱伯道憂耶婢子靦顏事人職是之故唯閫內言幸勿漏洩使婢子重受天譴也曾聆其言情至義盡怦然動繼又强自矜持曰十目所視十手所指其嚴乎婦曰先生所居僻處一隅門弟子既罕來問訊婢子又仙凡相隔具有藏身之術彼俗眼烏能窺及耶先生毋作杞人憂明日婢子下絳帳先生呼門弟子入姑試之當知余言不妄隨促曾就寢曾猶豫不決無何曉鷄唱矣困憊不勝遂如言次日晨興僕役進盥授巾初不經意曾稍安午後課畢又邀生徒三五偶爲檢書者生徒肩隨之貌益恭茫無所見參觀竟鞠躬爲禮魚貫而去婦乃掀帳探首出笑謂曾曰婢子之言謬否自今以往當以吾爲人幕賓

曾見其鴉鬢蓬鬆瓠犀微露情不自禁亦笑頷之非復盛氣陵人矣閱數日伉儷頗篤曾見婦不食不飲叩以辟穀方婦曰此非倉猝事後當授汝談論間僕役及學生蜂擁一老嫗至人聲鼎沸怒不可遏羣欲飽以老拳嫗不稍懼直向曾臥室來曾倉皇出問擾擾者何事某生曰何物老嫗誣先生强佔娼妓藏匿校中天下寧有是理耶僕曰校長授小人名刺命送將官裏去老嫗呼寃必向先生處窮搜之然後往以先生之坦白不妨任其窺察也語時老嫗奮身入曳婦出肆口謾罵咆哮不止曾忸怩不可具狀知受人侮弄矣立辭職去學生大譁曰先生汚辱校譽不可輕縱欲眞於官斥革其衿經敎師再三勸慰始寢事後有言其事者謂賈禍乃生徒也知曾爲僞道學故破壞之以洩其忿云

鐵冷曰作德心逸日休作僞心勞日拙古語也省三處己接物一舉一動一言一行模倣道學家旣周且至而矯揉造作煞費矜持方自幸盜名欺世高枕無憂乃牀頭軟語之時卽黑幕大開之候回首莊嚴顏面古道衣冠做勢裝腔一種醜態

應亦啞然失笑而有欺人適以自欺之感矣

詩遁

錢塘王生寒畯也以筆耕爲生前清科舉中博青衫一領乃下絳帳館於某家然所得甚微境況奇窘嘗有述懷詩云清況年來漸弗支獨撑瘦骨自扶持質如有物還留客貸到無門始綯盾動作爭先偏落後語言防錯不嫌遲炎凉世態同誰訴半學疎狂半學痴又有句云剛償舊債添新債擬託安巢撤故巢名利羈人都受勒室家累我總難拋又曰幸從舊雨聯新雨剩有詩瓢與酒瓢其清貧狀態蓋可想見生妻本大家女亦工詩嘗與生對坐牛衣中聯吟以消憂是歲節屆端陽江浙舊俗多懸艾人於戶裏角黍以爲食蓋荆楚弔屈子之遺風也生妻亦購蘆箬待生買黍裏之以度佳節不意束脩無着袖手而歸妻忿甚作詩嘲之曰自憐命薄嫁窮夫明日端陽件件無蘆箬難將包角黍祇教清水洗菖蒲生見之歎曰蘇秦游說不成則妻不以爲夫人情冷暖大抵如斯余何悶然時適有人亡其牛誤入生蔬園中生牽之歸

將貨以爲利追者蹤跡至指生爲賊訴諸官官提生問曰爾何愛一牛生曰吾非愛一牛彼觸吾籬而踐吾蔬故執之官見生襤褸不之直且曰士子作賊斯文掃地矣爾尙强聒耶命扑其掌生大怒曰牽牛蹊人之田而奪之牛古人責其罰之重未聞罪奪牛者也且奪牛尙有牽之之人可與問罪之師吾則不知爲誰家物執之以抵踐踏之罰乂安足奇者官終不直其言復大聲曰笞其臀生懼辱其身因實告曰吾忿吾妻之嘲將罰其牛以救吾貧耳官聞言大奇命生妻至曰爾能詩耶曰然爲誦前詩一過官不信曰請試他題官即以牽牛對生妻應聲曰錢塘江水向東流難洗奴顏今日羞自恨妾身非織女緣何夫婿效牽牛官愛者才命縱牛者罰錢百緡徵其辱士之罪生夫婦喜出望外携貲以歸亦詩家之佳話也

葵槍

慈谿周某農家子性吝多貲有負郭田百畝鑿而飲耕而食怡然自得足傲王侯有弟亦勤儉偕周出入息韻叶壎篪自少至老無鬩牆釁娰娣間尤以賢淑稱職主中

饋御下款客豐儉適宜鄉黨無怨言有中表王某素無賴與梟匪通以搶刼爲生久覬覦周之貲產思所以攘奪之平居借貸頻來周無不允畏之也然杯水車薪不足飽其慾壑一日周氏弟昆往外家祝嘏王偵知周出家無壯丁往謁周以覘虛實姒娣接之以禮享以酒肉食畢日將晡起謂王曰夫出未歸李下瓜田在所當避請下榻他所王聞言心喜唯唯去惟諄囑以僻孤村盜賊衆多冬防宜慎而已姒娣感其忠告不敢安寢坐以待旦更魚三躍敲門聲急諦聽之盜果蜂擁至娣懼甚泣於中庭束手待斃姒曰勿憂吾有計解此圍不難也急往竈下搜索半晌一躍出左手持一物長數尺黝黑如漆右手燃紙火奔向門前大聲問曰何物么魔未聞娘子名耶速去休當饒汝狗命不然鎗珠貫汝喉矣語時作舉鎗狀羣盜自門隙窺女見女怒目裂眥躍躍作欲試狀駭甚鼠竄去姒返內室笑謂娣曰盜魁利器爲吾奪來矣娣燃燭視之則向日葵之莖也既長且直頗類古式鳥鎗笑問曰盜已去耶曰去久矣遂闔戶寢達旦喜出望外午後王又至姒娣舉夜中事以實告謂賊胆如鼠不禁秋

葵一柄王領之須臾王去各悔失言知王素與盜通疑王咸與聞其事然言出難追駟馬不及也至夕驚恐異常料必不免於禍忽有獵夫至借竈炊爨於周蓋周宅四圍多水利於獵驚也姒娣殷殷然許之煑黃粱出臘酒厚享之獵者辭之再三不獲已食畢請獵夫宿於門側借防盜賊允之甫黃昏獵夫醉夢未熟羣盜已至撞門欲破扉入勢甚洶洶憤昨日之受紿也獵夫問誰氏子倔强乃爾不去鎗彈立至盜不之信鼓噪如故獵夫洞門放數響傷者十餘人衆大驚曳傷者去周家姒娣敬謝獵夫不遑且告以故獵夫亦大笑去後數日聞羣盜怒王以葵槍誘已恨甚毆王斃之云

鐵冷曰事急計生以葵槍而却盜農婦之機智爲何如其鎮靜又爲何如耶吾聞滬瀆有以香蕉爲手鎗而退流氓者然事出丈夫無足奇茲以鄉愚而出此曾不多覯彼守衛森嚴而一夕數驚之大吏對此女流寧無愧死

奇賊

華生國銓阜寧人家世業農薄有田舍八口可以無饑居於邑之西鄉有年矣及生棄農而讀闢草萊以種竹引曲水以澆花亦文學士亦灌園叟時讀時耕以整以暇半村半郭有水有山翁秀卿四時讀書樂生殆領略盡之矣少長娶於祁而美花下閒吟燈前作課捧硯檢韻不亞鄭康成文婢也生享盡人間清福薄南面王而不爲鄰里宵小多覬覦之者或稱貸於生以補不足或作傭於生以求生活門下食客頗不乏人而雞鳴狗盜之徒稍不稱意竊彈鋏而歌殊無饜足時也每歲耗費甚鉅生已難支而失竊又無月無之生更不堪其苦羅襦藏於篋中金釵置諸案上參橫月落不翼而飛重門深掩村尨不驚異日尋之已歸烏有問諸老嫗老嫗茫然責諸閽人閽人咋舌時有所聞均成疑案一時猜嫌四起有誣其僕役者有指爲狐妖者更有謂白蓮教之隔壁算者生詳察之知所猜皆妄不加深究久之僕役等來告謂某夜見妖狐作人立狀曾啓門而去某夜又聞曳架上衣瑟縮作聲曾爲吾等喝退堅請設祭以禳之生不聽其妻曰讀青鳳傳吾愛其孝讀蓮香傳吾慕其義理之所必

無安知非事之所或有君無伏狐術姑祈禱之可也生從其言命人以豚蹄一雞卵三置空室中焚香一柱燃燭兩檠祀之家中男女老幼無不奉若神明叩首致敬自是朔望皆然定爲常例安謐不數日又盜物去生訝甚某夜果聞門呀然闢心益怪起而燭之無所見唯聆屋瓦作微響而已生遂疑眞有狐矣明日復祭誠敬以將不敢稍懈意謂今夜可高枕無憂矣更魚三躍蝶夢方酣初隱約聞門響聲不之異繼聞寢門啓急掀帷帳視之則羣盜已在室中刀光閃爍庭燎通明照物燭人皎如白晝噤不敢聲任其翻箱倒匣囊括藏金詎金盡囊滿慾壑猶未饜也喝生夫婦出縛之以火燃其脇以刀刺其臂使供黃白物所儲處生則負累已久家無餘貲首飾衣衫搜羅已罄無可告語者盜大怒殘酷滋甚血肉狼藉慘不忍聞而薄命紅顏不勝蹂躪已乘鸞西逝歸大羅天矣生心膽俱裂淚竭聲嘶頻頻哀求終不能免未幾暈去盜始甘心於生席捲所有呼嘯而散既散家人入以湯灌生生甦而主婦長眠已不復起急遣人報諸官官檢驗畢搒掠僕役備至謂開門揖盜必有內應者僕役堅

不認悉捉去候復審生又詳述平昔狀況官亦狐疑莫決歸又以酷刑鞫訊僕役雖至垂斃不甘誣伏官無奈擇日齋戒宿廟求神神亦無靈復重笞保甲因三日釋之使四出邏緝期在必得曰果獲眞兇當有重賞毋自貽伊戚也閱數日保甲執男女二人猿一船一投署報到曰眞兇在是矣官坐堂訊之盜乃豢猿者也生之鄰村人素無賴以猿戲爲生活一鞫而伏官問曰汝刼某家何以排闥而入直至深閨門戶洞開絕無形迹豢猿者曰內應者猿耳又問猿何以入曰或踰牆或攀物或鑽貓洞與狗竇無不可前此竊簪珥竊衣衫者猿也至偶爾啓門又試其手腕故作疑兵以嫁禍狐者也生恍然悟如撥雲霧重見青天回思往事所見所聞無不吻合者遂請官定讞官立命斬猿首豢猿者亦論抵下按察行刑復輿送僕役歸厚賞保甲而遣之案以寢生則妻死財散門戶衰微無復當年情景因削髮爲僧嘯傲煙霞逍遙世外以終身云

鐵冷曰鼠吾知其善竊狗吾知其善偸猿吾不知其善於爲賊也知之自華姓盜

案始夫華氏之家破人亡蕩產絕嗣皆猿賊罪也吾友劍平告吾以巔末吾聞至斬猿而大快吾筆述其巔末書至斬猿又大快快其惡貫滿盈授首市朝一洩華氏憤也噫猿賊之肉豈足食耶

拳農

常熟有農人某精拳術少林弟子也家住冶塘耕而食鑿而飲攜婦孺二三荷鋤而芟稂莠聚友朋幾輩把酒而話桑麻極隱居之樂事每當月落參橫短衣窄袖掃來場圃課彼兒童或殫雙枝匕劍之雄或授擲豆擊錢之技農隙傳薪別饒況味又極藝術家之樂事夫才薄荊軻義高巢許不聞理亂而上追禹稷遺風亮節清操良堪矜式也每歲秋偕其子蕩小舟游行各鄉鎮荷柳箕擔鐵勺日日拾取糞土載滿而歸歸則卸之復出必至臘盡春回始止故某家居時甚少而來歲田間肥料悉取資於是焉父若子踏徧荒郊飽嘗風雪凡鄰近郡縣通衢曲巷大鎮小村無不諗悉之某本好劍擊蓋又借此物色英雄也一日舟抵某港灣適值中秋爲某會賽藝之期

藝員每三數人乘一小艇放乎中流則互相刺擊以賽其技有徒手揮拳者有舞刀劍者有舞石棱者負者仆勝者號喧譁聲歡笑聲與怒浪衝激聲蘭槳欸乃聲相唱答幾不聞人語響矣一時街談巷議者無不嘖嘖贊賞唯某農子則含笑河干不發一言思自顯其能而無計因泊船於藝員登岸處以挑動之既而藝船齊集意氣揚揚大有奪得錦標歸之態度見糞船佔其位置且穢氣逼人不可響邇憤甚下逐客令使之移舟去某農子微笑曰何急急爲隨跨一足上岸一足立船首低聲婉却之衆益怒命人強放其舟經多人曳之舟不稍動衆皆驚異謂某農子曰好男兒何不一試其技乃作此勾當敗乃公興耶某應之曰可隨登他船復放棹於水之中央而兩岸觀者人聲鼎沸中僉曰鄉里小兒乃來此現醜盍莫不嗤以鼻也及某農子運氣凝神環舞一節旋若規尺橫若列槊見者莫不大驚失色尤可奇者某一起舞則所乘船竭數人之力不能前行一竿自是衆藝員皆歎服享以羊酒而去臨行約以明年今日當來此一角勝負及期某謂其子曰彼將不利於孺子不可不備也其子

唯唯繼又曰孺子恐非敵手吾今從汝行以防不測至則賽船無一艘諸技術名家咸聚集於某寺待農人子角藝焉是時月輪東上分外光明而四圍寶殿中燈燭蟬聯亦極皎潔農人子入座片刻旋驅觀者出蓋將開幕矣而某則短褐相隨喬裝作舟子儕中人亦欲逐之去某戀戀不忍遂中止須臾一人出舞雙刀如飛而刀鋒尖利咄咄逼人四座風生臘炬頓熄昏暗中直向農人子刺來某縱身出爲其子掩護卒莫能傷某復乘其不備奪彼雙刀而起舞焉矯捷若龍游風聲如獅吼刀鋒左右向而燦燦之燭光則爲之忽明而忽滅舞罷衆環跪稱賀請執弟子而師事之某亦笑頷之曰薄技不足學也遂設宴歡聚三日而散後農人某仍隱於農以終其身不復再作汗漫遊云

鐵冷曰野老黃童履芒鞋衣敗絮肩糞箕而走荒村猶能以一技之長自拔於草莽中彼翩翩裘馬之美少年終其身衣繡食珍而無所表見直野老黃童之不若也噫

腹婚

湖州李生。滿清乾嘉時人。家貧業商。性忠厚。貌不揚。痘疤滿面。色如染漆。俗以黑面郎呼之。蓋誚其似圈豚也。生未生。父母即爲之定婚。鄰右有胡姓婦。與生母同時而孕。兩姓素相得。因指腹爲婚。議所生各異。必聯爲朱陳之好。無論貧富及妍媸。不得渝此約。及產。李卜弄璋。而胡謌弄瓦。遂踐前盟。李既長。境遇日窘。狀貌亦日益憔悴。頻年欲賦桃夭。而六禮莫備。延至壯歲。猶未婚娶。生父母見胡氏女生而秀美。長尤綽約多姿。心雖羨愛之。而無金屋以藏此阿嬌。又引以爲憂。胡氏女年屆破瓜。果以左思貌醜爲嫌。不願同牢而食。合巹而醮。久之。吉士誘之句。詠懷春。遂踐桑中約。而白璧有玷矣。經年穢行漸彰。李姓微有所聞。勸娶愈急。經濟愈難。一時力與心違。奈何徒喚。又數月。掘鼠羅雀。竭力措辦。得數十金。具杯酒。邀媒妁。爲之擇吉納采。意謂既往不咎。來者當可追耳。不謂赤繩他繫。嚙臂情深。而胡氏家庭。始則借金錢以延宕。繼則假時日以推辭。冀爲不肖掩醜。而究不能背當年之盟也。迨親迎之日。李姓以爲有媳矣開筵設宴喝令飛觴頗極一時之盛詎同夢不甘時方昧旦而哭泣之聲已達戶外及衆人起而視之則李生已登仙籍矣生父母見生暴死雖不能無疑於媳然檢閱屍身毫無佐證而氏又悲痛不勝欲以身殉疑團遂冰釋異日備棺入殮權厝於苕溪東岸而氏則周身縞素深鎖蛾眉爲之經喪不苟言笑似不堪其哀傷者以故內外均無間言某日有郵船一由湖往杭路經苕溪中有乘客某羊癲瘋驟發猝然僵臥而死他客不之知也且疑且駭咸欲登岸去舟子亦懼禍將及己商於衆客拋某屍於坡上鼓棹飛駛而遁逾時爲保甲所見驚異非常隨報官請驗官以夜深不果至保甲因遣人掩以蘆蓆坐岸上守之未幾守者困倦方酣然睡去而死者病愈已豁然醒來知更深人靜獨臥河干懼甚急起往某戚家去黎明守者掀席窺之屍身已失其所在狂奔告保甲保甲往視果如所言目呆口鈍咋舌而不能成聲忽來村叟笑謂之曰此處有棺爲李姓所新厝者盍借其屍一驗保甲然其言啓某棺褫某裝曳死者出復蓋之如初午後官至命檢驗吏驗之無疾病亦無傷痕

僅得一蛇自幽門出曰是必毒死者官正呼斥保甲嚴緝兇犯而李生墓前澆酒一杯悽然奠祭未亡人痛哭不休觀者方殷殷勸解也生父忽見柩口露衣襟一角大呼盜棺旋經衆啓視屍身果不翼而飛立往驗場報官緝盜不意驗者卽其子也錯愕莫名其故時保甲知事發遂具實訴諸官李父亦具實供稽兩人言若合符節官曰此必爾媳所爲速捉將官裏去保甲拘胡氏至署問官一鞫而服謂花燭之夕乘李生熟睡啓箱取竹管出傾管口入生口復以火燃其末端故蛇急由喉入腹他人不能察其傷而主是謀者則情人某某也問官知其情遂以兩人論抵而薄責保甲聊以盜屍之罪抵其申雪之功云

鐵冷曰吾國習俗最野蠻者莫如腹婚一事李生以怨耦而傷其生命悍婦之罪固不可勝誅然亦李氏自取之也男子未生而願爲之有室女子未生而願爲之有家天下豈有此理耶噫前車之覆後車之鑒世之愚夫婦其以李生爲戒可

林氏

林氏川沙人性豪爽有膽略身健而輕父望仙少林派也愛氏甚篤曾以小技授氏氏百夫敵也及長嫁於同邑周某臨行望仙戒之曰往之汝家事無大小以忍爲尙不可好勇鬬狠重貽父母憂又使媒妁致意婿家母以言語激氏謂一舉手有性命虞各唯唯結褵後井臼躬操釵荆裙布勤且儉焉春作秋成任重行遠膂力過鬚眉翁姑喜甚久之隣右耳氏名嘗揶揄之謂纖纖弱女子不勝一匹雛待負虛名耳氏笑頷之一日夫婦有違言詬誶甚厲周忿甚飽以拳亦村農慣習也氏怒其無禮情急忘父言以手拍其肩周立倒於地傷重垂斃家人嘖有煩言氏亦悔恨不休卒無如何遣人延望仙至手提傷者起三椿而蘇復戒之曰後再爾吾不來矣遂去氏名益噪隣右益疑時値三秋浦東有促落花之風所謂促落花即棉花收殘之晚熟者可任人摘取也周田中收未畢隣右蜂擁來促氏翁止之不理謂翁曰爾媳來吾等去矣翁歸氏果曳杖至見男女雜沓亂如蓬麻隔浜呼禁之衆曰娘子能踰溝來吾等立去此氏支以杖一躍過旋一手插杖於地深入尺許顧衆笑曰力不能插一杖

遽來擾人耶吾不汝杖杖嫌辱吾速去休衆遂鳥獸散旁有好事少年戲謂衆曰堂堂男子畏一女耶耶衆惶然又曰以數十人而畏一人抱頭鼠竄俯首下人吾尤爲汝等羞衆怦然心動謀所以報之晚各荷鋤又往氏室搶花周不知也忽敲門聲急翁啓視之大驚呼氏曰今日不出手吾家休矣氏抛兒於姑縛裙攘臂徒手拔關而出衆見之利刃交勢如雨下氏支架不數抄奪一鋤手舞之風鳴鉤響擊四五人仆地餘盡靡駭愕亂奔有傾跌伊唔驚嚇昏暈者衆譁潰後周一一救治之飲以酒送之歸自是鄰人加敬恃爲長城盜賊不敢至其村全鄉賴以安焉

鐵冷曰身懷絕技捍衞閭閻雞犬得以不驚勝擾民之貪吏多矣氏爲余友趙君靄庭之同鄉趙君述其孫朗園之言以告余者余謂氏苟養晦終身無鄉人之嘗試雖懷絕技其誰知之以此知風塵中埋沒英雌不少可勝歎哉

活佛

周生南滙人性敏嗜賭樗蒲一擲百金不稍惜久之破產盡衣食不完室人交謫親

友不齒借貸無門生苦之籌畫再三計無所出一夕思索良久忽狂笑曰黃金窟在是矣晨起踵謁親友爲最後之告急謂余將有遠行行者必以贐親友不信靳不與某又懇曰請以贐爲贖脫令不利決無面目見江東父老也親友强出錢數百爲之餞生得貲旋赴粤衣鶉衣持竹杖履芒鞋腰纒數貫已不啻騎鶴上揚州矣抵南海行乞於市朝遊通衢暮宿古刹天爲帳月爲燈處之怡然無何適某寺爲觀音壽生欣然喜曰吾志成矣遂佯作顚狂狀語言舉止若有知若無知居寺側三日夜不食不飲亦不眠以故往來善士頗矜憐之僧欲博善士歡因曳入寺以養之閱數日拈香事畢僧使生炊生不解又使生汲生亦不應憾之笞其背若不知痛楚者然不得已直以噉飯僧視之終日無所事事一日生瞰諸僧出潛入市購伽藍一領置佛座下不數日喃喃作語狀時合掌誦經若明悟頓啓者衆僧奇之白諸方丈方丈造其室生忽向之致敬衆僧益奇合掌問曰菩薩有何妙諦請告凡僧代傳人世生曰昨觀音大士賜我舌上蓮花並衲衣一襲留蓮座下待方丈取以衣我傳我以鉢爲大

士宏佛法也方丈聞言驚懼無措使衆僧往取衲衣果驗生自是始復常度言語動作儼然一有道僧也善書畫工詩詞性若天成迥遠凡庸遠邇驚異人咸以活佛稱信女善男文人學士莫不以一見顏色爲幸削髮日募化至數百萬金寺產遂富有矣閱年餘生託詞改建寺宇求大木於某山携數萬金以歸置產業營宮室居於邑之大團鎮以終老焉

智妓

亡清咸豐間山東幅匪起掠費縣之仲村集有賊走馬荒郊蹄聲得得似甚快意者時芳草綿芊一碧無際夕陽燦爛十色五光又若助其驕慢者適一少婦貿貿然來柳眼桃腮直與芳草夕陽而爭媚未免有情誰能遣此賊見婦獨行踽踽遽下馬推婦倒地將汚之不知此婦固娼也殊不慚懼兩頰作旋渦狀硃唇半啓笑問賊曰汝騎將逸奈何賊思其言良是而四顧無可繫馬處婦又笑曰拙哉子也何不繫於汝足賊亦笑曰諾乃引馬韁繫巳足上解衣就婦婦猛起拾地上賊刀力斫馬尾馬驚

負痛狂奔大展其驥足十餘里不止賊爲之牽曳而去顚碎脅折生死不可知矣婦望之鼓掌大笑檢賊衣得巨金遂懷之而返云

鐵冷叢談卷二

寶應劉鐵冷著

落日關

田舍翁吳某奉賢人耕於邑之南橋勤操作節衣食儲蓄半生家可小康開軒面場圃把酒話桑麻室無懸磬之嗟門少催租之跡田家樂蓋爲此翁享盡矣惟年近花甲未能添子膝下空虛殊多抱憾比年春蚌結珠胎香飄桂子弄璋是慶洗兒筵開翁喜不自禁自是已則勤勞於外婦則助理於內凡出作入息鋤雨犂雲爲翁任之凡朝饔夕飧饁彼南畝則婦操之偶爾偷閒光陰有限非消磨於酒綠燈紅卽盡情於提携保抱雖手胼足胝面垢頭蓬而矍鑠精神老當益壯眞有令人驚羡者曾幾何時豚兒漸長已能載笑載言若翁處此老懷彌慰忽一日有婦人者似爲淮北產年四十許首戴黑頭巾兩耳大環垂肩布裙束腰行不曳地短衫袖大可惹春風蹀

蹊而來似巫非巫非癲似癲手執竹板二行則擊以自鳴又袖針一長四五寸不知何許人鄉人僉曰挑牙蟲者也沿門售技見人竊喃喃自言不休謂善相斷吉凶判休咎無不驗且能攝死者靈至喉中嘓嘓作鬼語尤精知小兒關煞等事云鄉里愚婦受其欺者比比皆是適過翁門翁妻扶兒嬉戲婦殷勤握兒手曰相公福相後當爲封翁翁妻不應繼又問曰相公春秋幾何翁妻曰三易寒暑婦聞言顰眉若有所思直視小兒面久之搖首弄唇欲言囁嚅者再繼語翁妻曰娘子恕我唐突令郎今歲關煞甚惡宜善處之翁妻疑其言使婦道其故曰落臼關耳翁妻曰有法解除否曰有曰一試何如曰報酬金壹圓可翁妻然其言婦曰主人杵臼安在曰堂西偏簷下曰請導往曰籬落無人村尨遠逸吾殊不宜他往婦曰吾爲若抱兒閉門同入何如翁妻許之婦隨之入翁妻殷殷指示其處婦曰汝爲吾拂其塵垢去其障礙物翁妻如其言理畢婦使翁妻立架上力撐其杵己則置兒於臼口中切切私語並出符壓於兒背須作舂勢所以應其說也其支杵當以一時爲期翁妻不敢違然杵則下

有鐵齒上有巨石鋒利且重一失足小兒立成齏粉翁妻踏之聳然震駭未幾兒亦驚哭不已翁妻甚心酸婦則入內室囊括藏金及貴重衣飾啓櫃傾箱砉然有聲翁妻聞之大呼救命無一應者自忖欲捉婦則杵下之兒死欲愛兒則婦去而財失憤急無策惟偕兒上下其音哭泣而已目覩婦負囊而去無如之何迨夕陽西下翁荷鋤歸牧童驅犢返則兒已腦倦鼾眠妻亦力竭聲嘶面無人色而欷歔欲墜矣翁急抱兒起扶妻下妻暈去至妻醒後述其巔末婦已杳不知其所之又何從追踪耶後翁檢其室青蚨飛去者已不下千金焉嗚呼力服田疇樂叙天倫萬戶侯不易也若翁聚於半生失於一旦直迷信階之厲世人其鑒諸

惡訟師

翁咸松江人清道咸間歲貢也性靈敏語言辯給少具訟才不循循執弟子禮其師某偶外出翁與羣兒戲以紙爲棺書師名入殮葬於階前花陰下埋將一撮黃土聊當絳帳之懸挽以幾縷青絲也算引紼之執須臾某師至一生告以故師大怒命翁

前來重責之翁堅執不認師復詰某生某生爲之指示其處師見青邱宛在宿草未生玉棺依然大名千古半喜半嗔問曰汝尚强辯耶翁笑應之曰師果以爲眞耶則盜棺之罪當無赦師愕然如此種惡根性不可稍長遂申斥再三責而遣之某日翁如廁適鄰右有黃童者戲弄之投石坑中一時溷花四濺躍向衣衫穢氣薰人觸來滿鼻如入鮑魚之市如作金錢之豹在尋常血性少年那堪消受翁獨否否笑曰弟弟速來吾有錢數枚可將去買果餌啖也童得錢譁笑歡舞而去異日遇他人復以待翁之手段待之他人怒甚拳足交加頭面盡破黃童至此幾若喪家之狗困苦不勝矣翁趨前問之曰前日果餌滋味甘美否黃童恍然悟然已悔之晚矣其童年惡謔之事不可枚舉陰賊險狠大率如斯及長以刀筆吏爲生浩九峯三泖間輿鼠牙雀角者莫不奉若神明倚爲泰岱而翁則予取予求囊括作孽錢以資揮霍其有富紳大賈行爲背逆可以貲議者則百方索詐四出搜羅博幾個臭銅儘一身吃着其貪婪事跡罄東山之竹不足書頑惡心田傾西江之水不足滌久之醜聲四播市井

頑童鄉村老嫗無不知翁戚名者一日翁乘郵船往滬艙中旅客濟濟行商野老枯坐無聊或吸煙草以消憂或話桑麻以遣悶偶有道及翁戚諸謔事詞訟事者雄辯高談詆毀無狀不知翁卽在坐中也翁恨之切骨不便自首惟悶悶不樂而已未幾時近昏黃江猶泛白孤燈一盞搖擄幾聲衆客閒談已倦臥游仙枕上入黑甜鄉去翁獨坐沉思良久謀所以報之之術初無所得繼曳某客布被掩身寢忽感而悟曰得之矣悄然抽身起取筆濡墨私拆某被角書己姓名於上折之如初迨一覺醒來東方既白舟已抵日暉港上洋早在望矣衆起身收拾行囊將作登岸計翁爭捲某被認爲己物某不服詬誶不休舟子及衆客莫辨曲直無從置喙抵岸兩人控諸官官問某曰汝識汝被顏色若何汝絮新舊若何某答一一不爽知必爲鄉人物翁某乃有意欺之也既提翁問曰汝讀書人何欺一鄉愚汝謂被爲汝物汝有特別標識乎曰有凡余被角皆有余姓氏恐爲他人誤取也官隨命吏檢之果驗卽斷被與翁斥某退去某出署憤憤不平淚珠欲滴翁見之笑謂某曰吾戲汝耳被在此可取去

某勉受之然心中怏怏不樂猶形於色詎怒方未已禍已重來蓋翁還被於某後又入署控告謂被爲某搶去也官聞言怒甚命吏復捉某官裹去重笞二百而逐之既出又遇翁於途翁擲被與之曰我非愛汝被也我卽汝所罵之翁咸汝識我乎某且慚且恨猶思報復旣而吏胥勸止之謂彼弄法舞文之輩素具梟獍之名固無可抗敵也且汝氷淸玉潔之身已受鍜鍊之刑卽抗敵而勝又何從洗滌乎某聆其言知寃無可伸遂垂頭而去是翁之魚肉小民昭昭在人耳目者迄今松郡父老道其軼事猶痛罵不置云

鐵冷曰仗三寸不爛之舌搦一管生花之筆倒是非淆黑白玩弄生命輕於鴻毛得錢則生不得則死訟師之毒焰由來久矣豈獨一翁咸然哉今法律昌明訟師改良美其名曰人權保障然而賄賂公行失出失入眞是非果安在耶吾罵翁咸吾哭法律

驢騙

山陽丁某滿清咸豐時人傭於寶應某商家秉性忠厚善儲蓄積數年稱小康焉主人頗倚信之遠近顧主久耳其名非丁至貨金不與也丁往來各鎮鄉策蹇以代步所乘驢昂昂若千里駒有無賴王姓與丁同里素相識羡其驢謀所以取之一日僞作送噩耗者來丁所謂丁母暴斃促之速返丁聞信心焉憂之倉皇間牽驢隨莊行中途莊託言足疲不健於步借乘之揚鞭急馳去丁瞠乎其後迨抵家則母死者妄也回覓莊已杳不知其所之又遣人四出探訪卒不獲閱數日丁返寶途遇莊於成公橋見莊手牽一驢喜甚意必爲己物諦視之已非廬山面目矣問前驢安在曰易之矣丁曰以賡亂眞非吾願也因索完璧莊曰覆水難收烏可得乎無已以所補金十千爲君償其質丁堅不之允莊更解其衣與之丁始去方竊竊自慶詎行不數里遇山陽名捕捉將官裏去丁駭雖莫測所由時有米客懷金百兩跨驢往某倉發粟被賊戕於荒村捕兇甚急丁以嫌疑犯被逮縣令刑訊再三丁堅執不認令怒命大杖八百血肉橫飛謂汝所牽驢確爲贓物且所衣之衣血迹俱在尚敢强辯耶丁舉

實以告令不信炮烙交加暈厥者屢丁延鄉里縉紳白其寃令笑却之曰贓賊照然豈有寃耶卒定斬决丁亦不堪痛楚誣伏認供令意甚得若自矜其能者後寶應以刼案捕莊至一鞫而服某商聞莊在寶歎曰法網恢恢不可復漏矣遂報知丁使稟山陽令移文提莊以雪其寃文至正兇莊直供不諱遂定讞論抵令知丁寃不敢再以李代桃僵遂釋丁出時丁已垂斃鄉紳復爲之上控藩司乃削縣令職並提省訊辦會丁死於獄令亦因之論抵云

鐵冷曰滿清之貪官污吏以嚴刑峻法爲折獄之不二法門誣伏者何可勝道舉其概言之死於法者十之二死於刑者十之八而昏庸執拗豈獨一山陽令耶爲人道之蟊賊亦共和之罪魁凡執法者其援爲殷鑒

俠女

女名雪霞俄人父從軍戰死於日俄之役者雪霞烈腸俠骨綽有父風而明眸含光丰神秀逸固絕世麗姝也訂婚於同里白愛爾戲水雙鴛和諧有日矣白愛爾爲急

進派憤政府無狀不能泯暗殺風潮嘗慷慨激昂論列時事時緹騎四出緝黨甚嚴懸賞重金購致首級而杯弓蛇影之餘急進派之白愛爾遂被擁以去鍛鍊之語羅織之詞白愛爾亦無以自白雪霞聞白愛爾被捕憤甚自忖人孰不有死死固無足懼亦無足惜惟吾夫而死於戰陣死於社會死於學術則雖死有榮光今以莫須有三字之冤陷以大辟冤獄沉沉長此終古人道何在乎余不雪白愛爾冤余死不瞑目時白愛爾在獄既久自分必死嘗自謂余之心可以質天地而泣鬼神今日縱不獲見諒他日必有冤吾死者是余死於目前而不死於千古雖赴斷頭臺殊甘之如飴也惟素所愛慕之雪霞竟不得一聚首今則泉壤分飛重緣來世英雄末路思之又甚悒悒一夕有服警服者挺然入持警監蓋印紙謂奉警監命外提白愛爾惘然從之出時萬籟俱寂皓月當空白愛爾久跼獄中不能速走尋至一曠野則荒郊故壘風瀟鬼愁自白愛爾觀之無一非傷心慘目之悲境自思余死已矣彼繼余至者將何以堪正忖度間諦視押者乃即皓齒明眸之愛妻雪霞警服束裝倍覺嫵媚意

外相逢不禁悲喜交集忽雪霞囑稍待旋復往警署躍入警監室越屋數重踰捷如平地適警監方默坐麗人一躍下佩劍持鎗警監猝覩此狀噤不能聲雪霞謂之曰余決不汝害汝稍聲張鎗珠貫喉矣余有一言告汝汝等網羅黨人誅及無辜爲淵敺魚爲叢敺雀愛國者果如是乎行見怨氣所積上天殛汝矣警監欲有所言則一瞥已去明日查知獄中失人事乃恍然悟昨夜之俠者非無因也尋知白愛爾寃亦不追究後雪霞與白愛爾遂不復見云

吳鴻

吳鴻字頡雲淸咸同時人性聰穎八歲讀百行書過目不忘如具宿慧十二游庠每試輒冠其曹工詩善書人多稱之其舉趾豪放不慣鬱鬱居靜如泥塑人師某督責綦嚴終日閉戶使之枯坐手不停披口不絕吟者月餘病作臥床七旬始愈瘦比黃花呆如木偶似患白癡其家人憂之令吳輟讀日游山水放浪形骸閱半年精神漸復師愧甚因知天才活潑不可以笨伯比矣會吳長而嗜酒風流跌宕倍於曩昔而才

思與年華俱進亦慷慨激昂氣葢一世弱冠大魁天下名噪翰苑老前輩見之咸曰何物老嫗生此甯馨兒羨慕不置焉旋授職修撰奉命視學粵東挈眷偕行結褵伊始密月未過夫人爲古吳舊家女有艷名年才十七知書好吟詠而不輕落墨吳爛醉時輒嬲之强以拈韻夫人笑曰斗酒百篇惟君之職妾之詩思不在酒也吳沒奈何醒解問以故謂君沉湎於酒傷身有餘若助其興是禍之也妾所不忍自是不飲杯中物夫人輒與之聯吟或唱和消遣世慮習以爲常及抵粵登岸夫人乘輿瞠乎其後窗簾高揭端坐中央見者無不訝爲神仙眷屬其知之者更以學士名之而不以艷稱也吳伉儷極篤衡文之暇不屑與俗客談幕友中接見者甚罕日唯與夫人嬉戲已耳一日吳以纖束夫人目爲迷藏之戲吳先鼠竄遠颺復躡足潛隨夫人後夫人不知也諸婢旁助之謦欬一聲夫人轉身將作鷹攫之勢而吳已他適又繞柱走戲弄夫人然夫人臂助者多計不得行復聲東襲西倏左倏右而夫人星馳電掣飄飄欲仙吳見之吃吃笑又不利或藉諸艷婢爲肉屏風或倚銷金帳爲狡兎窟夫

人必踪得之卒被掩捕吳握夫人手正狂笑間中表某以事入見覩其狀亟反走吳面紅耳熱有愧色隨整衣出見脂粉香猶在襟袖間令人心肺爲之一沁也滿座幕客待吳去咸相視作葫蘆笑間有好事者私執小僮而問之僮曰游戲時小人不得入惟見夫人與諸婢嘗蹴球爲戲耳明日小僮賫茗至笑語某曰昨日事我知之矣婢子謂大人捉逃藏屢敗北故以蹴球難夫人夫人足小鮮有中者前日與婢戲乃演習也某曰夫人何不憚煩耶僮曰大人無事必狂飲以解悶夫人不樂其溺於酒也故强與之戲耳某唯唯僮去徧告諸僚友無不稱其賢者及巡試至嘉應恐遭物議而速官謗命夫人乘他舟相隨長途迢遞獨坐無聊楓葉蕭蕭荻花瑟瑟不見玉人之面惟聞流水之聲未免有情誰能遣此晚來狂飲邀月以杯對影成三掃愁有帚矣酒後命人扶至夫人舟上則酩酊大醉倦眼朦朧神經顚倒已不省人事遂頹然就睡須臾夫人秉燭視之吳嘔吐狼籍不可嚮邇隨呼婢掬之去婢以巾拭之偶觸燭焰巾燃而滿床汾酒亦燃勢旣熾呼舟子撲滅火雖立熄而吳中火毒已奄奄

一息矣翌晨吳以是死夫人哀痛逾恆欲投河自經者屢經諸婢再三勸慰始寢夫人親視含殮伴柩歸里營葬畢卒懸梁以殉噫可謂烈矣

鐵冷曰吳以少年英俊阮籍壘塊頻藉酒澆溺茲窟中卒成腐脅固咎由自取也夫人獨委曲勸阻效飛燕之輕盈爲伶妻之泣諫逮鏡鸞孤掩並掛枯株節烈雙情共堪千古已

盜官

新安陸某失其名淸嘉慶間以部曹出守湘省某郡性廉明勤於公務治盜極嚴是郡多山行商往來於此輒被刼掠自陸至始斂跡時有竊賊某犯案者屢責之不懼戒之不悛陸恨甚命飲醋酸一甌立聞喉間嘓嘓有聲自此以往欲再作馮婦步未舉而喘不止其嚴酷類如斯久之白梃之徒日益貧困心忮之而莫可誰何三年任滿更調他處盡室偕行舟經洞庭湖夕陽西下白浪滔天絕佳之風景中忽來一小艇皷棹如飛掠陸舟而過見者未經意不知爲盜艘也前行不數里小艇直駛向陸

舟既近羣盜蜂擁而上見陸在知爲守也殺之復盡殲其從者及舟子僅留妻女二
三人持牒赴任公推手段狡黠而體態較莊者爲僞守餘爲僕役最下者厚贈以貲
財而去閱三日抵郡衣冠楚楚燦若雲霞儼然長官顏面首縣率皂隸數十恭迓河
干膝行而見無識其僞者居數月政聲卓著禁賭博嚴團防不遺餘力尤能屏絕情
面一秉至公下令至屬官非傳見不得進謁又榜示通衢謂戚友有來自故鄉冀鬮
一事者必押解回籍不稍優容一時人士莫不以嚴介稱之欣欣然共慶得人實不
知其便於私謀爲謹防漏洩計也一日陸守有弟以知縣受職鄂省將順道過訪一
敍天倫樂事消息傳來僞守憂甚使人以舟迓之將害之於中途詎道路相左使方
去而某已至抵岸後先使使入署探問適僞守晝寢爲內眷所見立告一二語卽遣
之出使返報知主人驚駭欲狂自念曰是盜也然不敢暴語旋乘輿往首縣署告以
故密謀逮捕之策首縣聞言始恍然於前日禁止謁見之意隨調軍隊數百於黑夜
中伏府署外方三鼓署前鎗聲大作縣令入報詭稱刼獄請速往勘勢甚急急僞守

猶漫應之曰。是不難。余當自擒之。迨行至儀門。伏甲發。格鬬一時許。卒以衆寡不敵。就擒。復逕入後室。收其餘黨。僅獲七人。餘多逸去。明日廷訊。均直認不諱。錄供上達臬司。遂按律就地正法。自是郡之人。始知向之守。非守也。盜也。

鐵冷曰。爲盜者殺長官。奪其印綬。而爲僞守。事亦奇矣。以僞守而政聲藉藉。道路謳歌。則更奇。以道路謳歌之人。而忽爲階下囚。則尤奇。噫。風雲變幻。層出不窮。豈天使此盜出而警世耶。抑盜卽官之化身耶。吾竊怪今之盜而官者不再見。而官而盜者。抑何多也。安得甲士萬千。一鼓而盡殲之。

雲娘

婚嫁之俗。地各不同。鬧新房一事。隨在皆有。寧波之新嫁娘。所衣錦袴。有多至七層者。爲鬧者脫卸地也。淮揚之俗。有爲翁傅粉簪花。曳至洞房以取笑者。蘇松又有强臥新婦之牀。而新婦坐以待旦。至三宵之久者。皆惡習也。間有玩褻已甚。羞愧自經。生命誤傷。亦所不免。浦東沈生新甫。商人也。操業滬濱。十易寒暑。蜂狂蝶浪。徵逐花豔鄉里久耳其名戊申歲聘周氏雲娘爲室雲娘性妒而躁固小家碧玉也鉛華不御脂粉早捐柳腰輕盈蛾眉淡掃播艷名於黃葉村裏婦孺皆知推爲一鄉祭酒焉雲娘顧影自憐亦以爲蘭姿桂質當領袖羣芳矣偶聞阮郎別有桃源則鬱鬱不樂恨不斫斷桃花而獨樹豔幟祇以百兩未迎莫識兒夫之面徒呼負負耳及轉念思之天生麗質不難壓倒無鹽又聊以自慰迨結褵有日若何庸奴其夫若何中傷彼美胸中已有成竹鄰里知其兇悍有戲語沈生者謂胭脂虎威風凜凜大可畏也沈笑頷之不稍留意至合巹之夕中表某商於沈生欲循例取鬧囑沈生勿聲許之某潛至隣舍使鄰爲之挽髻掠鬢作時女裝衣短袖窄領高過頰翩翩然絕世麗姝也蹀躞而入據椅而坐操蘇音問沈生安在曰汝與吾訂白首盟非伊朝夕何得捐同秋扇別營金屋藏阿嬌耶語時舉目四顧覓沈生不得譁譟益甚瞬息間滿座寂然賸婢錯愕不知所措某又肆口慢罵歷數兩意雲情責其薄倖親明切切私語謀對付之法亦無識其詐者須臾某據榻而臥謂雲娘曰小娘子支銷金帳列鴛鴦枕乃

欲擅專房之寵耶合歡有酒同牢而食當分我杯羹也時雲娘面紅耳熱忿不可已幾欲作河東之吼翻醋海之波而飽以老拳矣强自遏抑煞費矜持既而秋波一瞬見某顏如舜華慾火愈熾倘非屈於習俗鮮不捽其髮齘其鼻以毁其形某復問曰虎視眈眈臥榻豈不容他人鼾睡耶挺身起故以手撫其肩觸其怒也雲娘閃身簾幕中出纖纖玉手力搔其面某亟避之始免又就牀沿坐笑曰麻姑不爲吾搔背乃爲吾印面是婢妾畜我也我豈婢妾耶語未已男女雜沓譁笑而來謂甘爲雌伏不願雄飛鬚眉巾幗毋亦謔而虐歟某聆其言正色端坐置若罔聞媵婢復耳語雲娘告以故雲娘愁眉深鎖轉身不顧疑其僞也倏而諸少年力曳某去某强自移步至案側仍踞坐作詬誶語指摘沈生備至堅欲效英皇故事衆笑不可仰雲娘終不信某亦聲色不動隱几而臥時則更魚三躍月明人靜寒雞將初唱矣姊妹行及媵婢等有使雲娘拜某謝罪以贖前愆者雲娘益怒眥竟欲裂勸某亦不去相持達旦某始出沈生入見雲娘莞爾而笑雲娘負隅端坐不應媵婢促之寢亦不應良久怫然

曰寧以了角老不願與錢樹子作姊妹行也沈生力白其冤曰前言戲之耳雲娘堅執如故曰白圭之玷可磨斯言之玷不可磨也蓋沈生遊蕩無行雲娘聞之已熟一經道破益信之不疑職是故耳翌日家人曳某生至面謁雲娘以醒其癡終歸罔效逾三日不寢不食墜金而死周姓擬控諸官以聲某罪卒以誤信自殺不忍嫁禍他人遂使沈生豐其衣棺入殮而寢其事云

鐵冷曰新嫁娘非玩物也必出種種玩褻手段以兒戲之辱之乎實誨淫也雲娘以自殞雖咎由妬而自取然澆風惡俗實厲之階吾爲社會教育悲矣

桂珠

隴州典史郁某晚年喪偶月朔乘輿拈香遇逛廟女睨之美眷戀甚歸遣僕訪其家世謂適睹妙齡女若羅敷無主當以重金啗之我不靳直也僕往偵知非良家女乃土娼桂珠耳狂喜與鴇謀故昂其値返告主人僞稱家世業儒窮措大不易接納郁曰奇貨可居將以了角老耶汝善爲說辭不難得也翌日僕復報謂佳偶可成惟多

種藍田玉耳郁曰吾老矣伯道無兒滿籯金將誰遺僕又曰許纓禮千金是不難小人所不敢請者綵輿迎娶也郁曰可卽以吾所乘輿將去勿加綵僕應允之欣然出自念曰老頭兒眞熱狂哉閱數日如僕言爲之脫籍既歸郁開筵宴紳意甚得不知綠頭巾耀人眼簾令人噴飯也時有州牧某亦多情人聞郁新納寵頗有艷名心竊羨之於開筵日往賀郁留某盛饌輿致淋漓益增榮幸宴罷使媼扶桂珠出拜見長官某目逆而送之見桂珠柳眼櫻唇雪姿玉質自忖曰饕餮翁幾生修到而一縷情絲蠟煎蠶縛遂種因於此而不可解脫矣笑謂郁曰稚子良不惡老眼誠無花也郁亦笑應之是夕某歸悒悒不樂整襟危坐若有所思其愛妾以他語亂之神始稍寧某戲謂妾曰桂珠與汝年相若貌亦相若汝二人可結爲良友也妾得某言喜不自禁明日邀桂珠晚膳以爲爭研鬭艷計詎桂珠本勾欄中人夭冶異常早攝某魂而去自是朝夕過從暗渡陳倉而某妾心忿忿蓄萬丈醋波已千迴百折矣久之某以爲非計乃作登門客往拜郁結通家好堂堂州牧鑽穴踰牆中篝之言寧無人道郁

徵有所聞是日歸笑謂桂珠曰汝眞肉眼何不識一堂翁耶桂珠愕然不知所對郁又曰汝所私果爲堂翁吾將焉責乃指鹿爲馬失身於一僕役吾爲汝羞桂珠始猶忸怩聞至此心稍安泣謂郁曰六郎貌妾知之稔矣何至認夫子爲陽虎耶郁曰癡妮子受人愚尙不自反憨哉汝也桂珠仍不服郁曰汝以明眼自居汝苟與吾以徵信物吾當赦汝罪否則置汝死桂珠曰君欲何物妾當措辦郁曰印耳桂珠聞言俯首不敢聲不三日某又至桂珠殷勤接待情意纏綿逾於曩昔戲向某索印一觀某溺愛不明次夕果携至不知其甘言誘已也桂珠得印後匿而藏之待郁歸獻諸郁逾時某自悔中計急遣使往索聞已入郁手心益駭謀諸幕友咸束手無策徒喚奈何有學刑名之少年一傍案而立嚙指徵笑曰此事至易無憂也及衆環而問之又笑而不答其師悟其意曰汝能得印吾當言於東翁不以西席視汝而以東床視汝吾決不誑汝也少年解頤一笑其師遂白於某某俯首諾之莫敢或違問計於少年少年曰速命工匠購杉木十數株蘆蓆百張於今夜二鼓潛行運至署內空地造屋

數間限四鼓告竣有漏洩者重辦某如言施行既竣復請命於少年少年曰火之可也火起鑼鳴典史郁至少年遣州牧於倉皇間以印箱授郁曰得之矣須臾火熄郁將還印惶然悟遂出印納諸篋中敬獻於某終敢怒而不敢言越旬餘辭職掛冠去而紅豆情根亦至此中斷云

鐵冷曰州牧得一桂珠失一印得一印復失一女桂珠娼也失身不足惜女掌上珠也以失印逼迫故而下嫁於少年以得失計直不啻以一掌上珠易一桂珠也嗚呼天道好還有如是者州牧至此桂珠安在掌上珠又安在哉世之爲州牧者其速醒

丐醫

盱眙醫生周某家貧少孤無力就學及長習藥材業略辨之無未經年因慵懶不事事被逐去流爲丐托鉢之餘採野草山花售諸藥市以佐生活久之儲蓄數十緡藉博蠅頭利並以賣藥金補其不足遂脫離苦海而爲當代神農矣愚氓知其能識藥

也尊爲濟世良醫時以寒暖燥濕相間而周亦時以芍藥相饋贈或驗或否愚氓不知多其不取藥資藉藉稱其術爲之懸壺焉周至此居然和緩生涯盛行於世一日盱眙令有女名瓊娘者患咳嗽勢已垂危徧延淮揚名醫診視無效而該令有伯道痛僅此掌上珠愛之甚篤今知不可救藥泣不能仰姑用婢僕言請周至周見縣吏邀向縣署去驚駭萬狀疑已誤投藥石傷人生命爲病家所控訴者堅不敢往吏曰憨哉一良好生財事吾人方欲分甘子乃惴惴若此何哉周稍悟然自知無術不堪登大雅之堂終不能坦然就道既而勉從其言踉蹌去行至中途汗流浹背周亦素患嗽者至此牛喘不休口爲之乾見道旁一醃青菜者乞其汁歃之須臾喘漸平周至署見瓊娘病與已相若心大喜診畢侍兒請書藥方周又窘甚鴉陣欹斜那堪見文人學士面耶心驚悸不可具狀手亦戰慄不停良久强書菜汁一甌冰糖三錢而去脫身虎口如獲再生欣喜莫名翌日清晨忽敲門聲急又疑瓊娘死將捉己向官裏去懲辦其罪從牀上一躍起赤身踰短牆逸逌家人啓門周已不知何往衙役笑

謂周妻曰瓊娘病較可仍延先生復診速行勿緩周妻知其夫已遁急向鄰舍覓之周方蹐跼屋角抱頭垂淚妻呼之出以犢鼻褌衣之始返旋整衣入署復診仍以原方減半飲之三次而喘愈嗽亦漸輕十數日後遂起臥如常縣令感其妙手回春餽以百金享以牛酒周之醫名因此大振有問周何以能治喘者周亦不自解云

鐵冷曰丐醫伈伈俔俔常畏首畏尾何歟無眞識知耳今之翩翩裘馬自命爲英雄者亦丐醫類也使探其學識恐目無餘子之人立時目無全牛矣其不若丐醫之伈伈俔俔者幾希噫世道至此可勝悲哉

癡匠

長興縣令某失其姓氏亦不詳其里居滿清時滑吏也年少嗜酒有登徒癖尤好修飾拖紫紆青周身帛縷翩翩一佳公子焉夏葛冬裘日必數易衣面所織花依時刻之變遷定花紋之式樣早則衣含蕊欲吐者中則衣繁葩怒放者晚則衣殘花捲收者既標新而領異亦寬窄之適宜凡腰襟領袖不容或肥而或瘦一不當意則訶斥

成衣者不休甚則笞其臀不稍縱每當赴紳商宴會時將行必徘徊室中試步數武類頻作回顧狀深恐裝束不整頓減其風流而舉趾輕佻直與浪子等耳妻曹氏大家女也美而艷豐姿娬媚瀟洒出塵天上姮娥人間西子惟性本慳吝才又幹練計學極工錙銖必較婢僕等私吞一錢恒責其賠償以彌補之不肯縱之作漏網魚也以故左右無不怨恨視縣令之揮霍則迥不相侔然縣令雅好裝飾業已成癖氏固末如之何第勤於監督不讓成衣者竊取材料荒廢時光而已有匠人某溫柔敦厚技藝亦佳令夫婦頗鍾愛之有所製作非某莫屬他人不能奪賜偏有日矣某年方週花信驟得寵愛意氣揚揚不可名狀而氏則日伴某縫匠頃刻不離猶慮某之懈怠而不敏於從公焉凡某欲啜茗或吸煙常使侍婢爲之服役免費時也間或已有所欲或飲或食亦使婢同時爲某取携無非欲速成而施以小惠耳初非有容心於其間也彼傖夫俗子見氏既戀戀不去又懇懇懃懃體恤入微先意承志疑之爲多情始則怦然心動眉飛色舞時時睨之以目若驚若懼半善半羞滿面浮雲紅白迭

至繼則胆壯心堅愈久愈篤而婢僕等又時以言挑之作兒戲語某信爲眞每停工一日卽若有所思坐立不安神經爲之顚倒及至入署工作則愁眉頓展雨散雲消不再鬱鬱如曩時而氏率侍婢坐觀處之坦然不稍介意孰知有潛窺於無形而測之以有心者耶久之某成衣眷戀益切思念益深坐則見之於牆食則見之於羹幾有刻不能忘而舉目皆是之癡情矣不數旬發爲顚狂信口亂言致紅豆相思之佳話傳徧城廂途人皆曉而中冓之醜遂洋溢於境內至不可收拾客有戲弄之者爲某書冤狀控令佔其妻使之卽訟於令署痴漢不識其弄己也手舞足蹈欣欣然向案前投之令一見大怒擬重懲之繫於獄繼以事關體面不宜自颺其醜且不便治瘋人之罪緣出錢二百緡給匠人叔領之去使率某遠避他方不得故犯長官某叔莫敢或違攜某徒於鄉居焉又繫某以縲絏加以桎梏未逾月瘋愈甚遂涎流滿頰而死

鐵冷曰成衣匠一愚民一癡漢耳不足責也某令以身爲長官而行同浪子尙得

為民父母乎吾竊怪任某令者僅知鬻爵自肥而不為民擇人亦何殊使沐猴而冠帶耶吾無以名某令名之曰衣冠禽獸

紀長春

洪楊起義偏安金陵不能直搗黃龍建立漢幟識者惜之當時曾賊國藩數典忘祖帥湘鄉練勇來寧攻擊又廣招士卒藉名利為鈎餌而江淮健兒受其欺騙者正復不少敗則捐卻生命勝則博得一紙功牌而為主帥加官進爵之導線其誘騙愚氓滅絕人道莫此為甚清河有紀長春者勇敢士也身軀魁梧膂力過人收集少年數以千計雄長芒碭間有年矣橫行鄉里官兵無敢攖其鋒者曾軍至往投焉曾一見如故委為百夫長紀感其知遇之恩効死麾下衝鋒探險悉為他人先困守石頭城一年有餘辛苦備嘗時潛掘地道被洪軍察覺由雉堞下石擊之傷其一足數月始瘳而雨花台之戰紀亦與焉叙功擢為千夫長破江甯燒營壘死者數萬洪軍盡殲而曾之功名成矣曾素愛紀出入軍門必携之為護衛翎頂輝煌錦衣燦爛跨款段

馬佩偃月刀遨遊街市意氣揚揚行人爲之側目旋又以提督記名勢燄益張常徵服出馳馬通衢踏傷婦孺時有所聞居民心忮之而莫敢誰何後曾薦紀於其弟國荃紀與荃不相能而部下怨讟之聲又頻入於國荃之耳遂益不利於紀不數月以事被黜去因復走江淮間爲無賴焉後李鴻章督直隸某歲秋街巡查夜見有賣湯圓者敲銅鑼數聲燃靑燈一盞蒸氣沸騰火爐勢燄尙設擔道旁靜待售主街巡正戰慄怯寒無以取暖見之喜甚謂天鵝肉可以飽我饑腸矣逕呼賣者曰速進數碗來吾等寒甚不能久待也賣者熟視半晌笑應之不稍却以爲金錢當不難照給也食畢不顧而去賣者急牽一人向原處語之曰小經紀何能大負累請半其值償我聊作基本金如何街巡舉拳揮之曰深夜佇立曲巷不知作何勾當尙來絮聒耶速去休賣者笑曰此等手段乃余慣技不過近數年來識破禪關懺悔前愆不願再作馮婦耳今請半其値與我尙非汝體面乎語未畢三數人蜂擁而至曰老蒼頭不識便宜速捉將官裏去賣者不敢辨已强曳之行矣靜閉署中一宵翌日問官研訊謂

汝生意人何以行竊曰街巡强食人物不給一錢尙來反坐耶吾苟貪名利早與李督並駕齊驅峨大冠拖長紳矣又何必作此生涯耶問官聆言旣恐與李相識又無贓證可據不便深求斥之去紀忍氣吞聲知官門似海寃抑如山不足與之較憤憤去旣出營舊業如故唯日架其舊軍帽懸其舊功牌於擔之一端而樹以草標待價而沽久之無一受者一日李乘輿公出適見之於途睨視其人似曾相識者命人取其功牌觀之果爲曾之門下士李爲曾幕友時曾與賣者同處數月恐留此遺玷爲曾公羞並爲己羞遂收買之問其價於賣者賣者笑曰此無價寶也識者買之可不取分文李奇其言命人重賞之畀以五百金謂可修養於僧院不必再作此生涯矣賣者却不受曰吾果欲沽此博得買命錢數百吾早沽之矣尙待今日耶李知非可以金錢動者仍完璧歸趙越數日命人延賣者入署宴以盛饌婉商於賣者始收之去而前日之街巡及問官懼其將前情語李也莫不汗流浹背面若死灰而賣者已淡焉忘之矣自此以後賣者遂不復再見於市而不知其所終賣者爲誰說者謂卽

清河紀長春云

鐵冷曰前清以五品功牌爲買人生命之劵使同族相殘而不顧其心險其計狡本不足責而醉心功名之徒復以人之騙已者轉以騙人不惜擲千萬頭顱染得頂兒紅其殘忍孰大於是紀長春一無賴子耳終能痛改前非淸心寡欲而固守其窮視富貴如浮雲蓋智出曾李多矣

張邋遢

張邋遢秦郵人家貧丐於市垢面蓬頭不梳不洗顏如塗漆足如皂靴積垢徧體作龜裂狀立門前一欠伸落塵繽紛地爲之蔽故欲得階前盈尺地枕藉終宵人必趨逐不稍容張處之淡然或露宿橋梁或臥古廟伴泥塑人或破栅而入與黑面郎同居或傍草堆而栖與黃耳爭位置久之穢氣薰人見者掩鼻其唇紅其齒黃其睛多白與黝黑之面相映狀似夜叉小兒畏之恆退避三舍驚怖異常張所衣衣又冬夏一襲不知寒亦不知暖敗絮腐爛零落片片若蝴蝶飛而沿門托鉢鵠立人前悠然

自得不識見憎於人惡之者無以名之名曰邋遢邋遢者至汚穢之義也張聞不之疑因亦自號焉性素瀟灑不憂貧不貪多簞食豆羹嘗分贈同儕之老且病者不稍吝惜某歲丐食鄉村道經一厠就溺焉見壁洞中置布囊一啓視之黃金充實價頗不貲自念曰誰氏子倉皇若此脫令尋覓無蹤必有生命憂當此日薄虞淵雞栖於塒何處投身不若暫借一枝且作守財虜矣遂坐以待旦俟遺金者來取焉翌日晌午不果來張饑腸轆轆望眼欲穿悶甚袒胸負暄捫蝨而嚼稍資消遣旁若無人未幾一農村喘若吳牛汗流浹背狂奔而來足甫抵厠見囊無存大哭張驚問曰丈夫何作娘子態如有事盍語我村農告以故張曰汝囊何狀何物所製中置何物蓋恐人冒認也村農聞言躁急不具答厲聲曰囊安在速出與我不然當捕汝官裏去不汝貸張笑曰官爲何物吾不知也若其有以語我來村農怒飽以拳甫數下纖塵撲面目爲之迷兩手拂拭眼不能開淚簌簌下頓足作雀躍連聲曰與我與我張冷笑曰與則與矣何急爲爾欲我與爾爾之物究何若村農至此恍然悟歷陳其狀果符

合遂探懷出完璧歸趙村農大喜自慚鹵莽叩頭謝之欲報以金張固辭不受曰我惟不欲拾遺故坐守不然早他適矣村農感其德再拜而去張之廉潔類如此晚年捕魚爲業懺悔前愆謂游手好閒不事生產食人之食罪莫與京因積錢數百購柴編斷罝璧社湖中取魚爲生活魚無多寡百錢爲準錢多則散諸窮民魚多則放諸江海日惟携酒一壺起居隋柳堤上枕石漱流學弄潮兒而已間或錢不及百或一無所得張亦不丐食終朝沉溺醉鄉若有知若無知語以世故笑而不答夏則藏所取魚於井中以待雇主雖至炎暑魚多活潑罕有死者利市恆倍於他人故人多忌之然張不加喜戚於其心漠然處之不事經營有爭利者叩其術張微笑不應後人附會其事謂張遇一仙人李鐵拐狀如丐牽其裾求仙術鐵拐曰我非仙乃丐也張固求之因與以痂受而藏之知清香可愛必非凡品當可起死回生遂試以餽魚竟圉圉洋洋悠然而逝後以此術售魚於市獲利頗厚嗣經同業窺破盡吞其痂騰空而上高入雲端又謂秦郵之塔亦張某以繩自他處曳來者尤屬不經張蓋隱士也

放浪形骸與世無爭隨遇而安不暇審擇亦達觀派也璧社湖中之老於漁者猶能道其詳謂張年八十餘始死於湖上某寺云

鐵冷曰張邋遢一丐耳以士無事而食爲可恥有非其道則一簞食不可受於人之意耿介固足多矣尤能自謀生產不爲社會分利之人寧忍餓以死不願乞憐以生立志又何如也使人人如張丐中國又何患乎貧

鐵冷叢談卷三

寶應劉鐵冷著

壁虎

壁虎閩粤間豪客也逸其姓氏及里居姓伉爽好任俠精少林術身輕如燕能以背倚壁躍升百丈登樓踰城如越土邱人以是稱爲壁虎名其技也其生手抱負在整飭吏治砥礪廉隅南省去京都遠甚汚吏貪官擅作威福視朝廷法令恆如弁髦間於案牘中獲壁虎書則驚駭萬狀立改前非非畏其暗殺畏其盜竊也壁虎衣無常服居無常所其夜宿處距白日探訪處恆在百里外足捷善走頃刻可至常人履行堂奧無其易也朝入闤闠暮棲山林倏往倏來速於閃電故社會中知壁虎者甚鮮而官吏欲捕之亦綦難壁虎往來漳汀以南擇郡縣之貪婪者席捲其囊金爲衣食資遇廉潔而清貧者則補助焉其行竊也來去無蹤嘗留尺素以當鴻爪略謂汝有

藏金錢許悖人者當悖出今分以杯羹示薄懲也敢聲者將刦汝小妻去末題以名曰壁虎字跡遒勁有豪邁氣異日事發多咋舌不敢聲蓋官家最寶貴者金錢及愛妾耳壁虎審其重輕取其較輕者而遺其較重者以爲箝制之計術亦工矣久之官寮中人聞壁虎名多色變者丙戌歲齊昌縣令某貪而劣賄賂公行是非混淆曲直倒置時人銜之刺骨莫可誰何尤酷於刑事無鉅細搒掠備至與獄吏上下其手無贖刑金則公私交迫箠楚交加日無寧時人不堪其苦有蕩產傾家以進者有賣妻鬻子以進者得賄後縲絏俱弛可自由行動於獄中不稍束縛其貧苦者救濟無人悽慘之聲嘗達戶外壁虎耳其名心焉憂之謂虎而冠者僅收其所蓄貲不足以償其罪也夜入獄釋一人縛肩之出而以身代之事畢故作呼號聲驚獄吏醒吏恐有變急趨前視之則一人縛已解叱之曰何物幺魔乃想脫逃耶猛捽其髮至地呼同人共執之桎梏牢繫較前尤厲壁虎曰吾衣襟中有黃金兩餘奉獻諸君聊佐煙酒何如吾不耐此嚴刑也獄吏大喜收之去曰汝吝此區區者徒自苦耳不然早遺遙

法外矣隨縱之押往他室去壁虎日與犯同謀思所以報復之術衆聆壁虎言慷慨激昂莫不敬服一日縣令微服至獄中密察諸囚行爲計人數多寡恐獄吏私自放縱不爲某分甘也壁虎見之執而囚焉一如獄吏之遇諸犯縣令欲脫不得束手就縛須臾吏至見而駭甚命諸囚速縱之壁虎曰汝先縱全囚出吾當與令隨其後否則有死而已獄吏欲脅以力而壁虎舉手一指當者輒仆無一人敢與之抗家人饋縣令以食諸囚食之給縣令以衣諸囚衣之非甘苦與共彼此平等縣令不得受其惠幕僚欲脫縣令計無所出面諭諸囚謂有寃抑者及可以開脫者當設法赦宥絕不食言毋挾制要求以重其罪諸囚聞言益譁譟不已越三日舉署驚惶不知所措而縣令饑不得食寒不得衣憔悴滋甚壁虎曰吾等爲汝敲髓剝骨苦當百倍於此汝僅嘗其萬一耳令聽其言知非常人跪而求免壁虎曰汝識江湖中有壁虎耶令觳觫不敢仰視又曰能痛改前非當縱汝去若事寢而牽累他囚或重其罰吾將置汝於死地勿謂天空任鳥飛從此可漏網也令唯唯復喚獄吏至命執刑者重笞之

除其名。羣吏震懾。如見神明。莫不戰慄。壁虎又謂衆曰。有貪暴者。當如此罰。衆益懼。語畢。與令攜手出至門首。安步而去。衆見之。無敢捕者。縣令羞愧不勝。亦急趨而入。不復深究。閱月餘。遂掛冠去。自是壁虎亦匿跡山林。不知所終云。

鐵冷曰。賢哉壁虎也。遇貪者竊其財以懲其貪。遇暴者加刑以懲其暴。所謂即以其人之道。還治其人之身也。然貪官汚吏。誅不勝誅。安得千百壁虎。巡邏於各行省間。爲斯民驅苛虎耶。

人妖

金陵昇平橋有巨宅焉。佔地可數十畝。短垣環繞。砌以方磚。牡蠣堊痕。剝落殆盡。左右鄰皆指爲大明遺制。鼎革後。賃者絕少。獸環久鎖。荆棘叢生。排闥數十間。野狐蝟集。吟嘯成羣。每於月下更深。駭人觀聽。又相傳爲仙人所居。故廣廈多間。悉成空谷。後世無問津者。壬戌秋。秦淮泛漲。又值大比年。假室於人者。例當讓考。因此秦淮以南之居民。紛紛北徙。是宅遂大啓。梅妻鶴子。縱橫充牣。無慮數十家。處之晏如。惟後樓一幢七楹合抱無敢居者有二商人後至願氾掃以居屋主貪其値許之二人固異姓兄弟而同賈於城南者也各有少婦一人相處若妯娌寧俗婦女喜簪鮮花每聞曲巷賣花聲雲鬢蓬鬆亦憑欄數靑銅選三四朶無此覺脂粉悉減色一日曉妝初罷頓聞茉莉香檢視之則穿作蝴蝶色陳几上甚鮮豔可愛甲婦喜語乙乙婦亦於奩畔得一枝咸猜爲賣花傭所遺初不介意午後甲婦忽倦倚牀假寐纔着枕恍惚一美男子坐牀沿注視而笑婦欲號而口不能言欲推則手足如縛任其狂暴去是夕乙夫以雨阻不得歸婦正掩帷臥遽來一美男溫存繾綣間睹茉莉在枕畔笑曰此卽陳夫人同心結也日間我已在東牀成嘉會矣從此兩美同居老我溫柔鄉於願已足越數日乙婦尤困頓乃各語其夫俾以法禳醮於是兩藁砧各秉燭懸幄以伺意欲覩其或仙或妖也然終不能了了辨每聞窗紙上風聲颯颯如蟹走沙坐者卽昏昏欲睡漸入黑甜鄉否則如夢初醒恍惚坐雲母屛風中四面飄飄有鬖鬖氣婦謂怪雖類陳平之冠玉然髯戟刺吻又丈夫氣太甚每當夕輒如楊太眞之新

浴無力肢體柔膩如綿怪亦若憐其海棠着雨也者久之二商人恨之切骨卒無法以禦急欲遷地從良因卜定某宅將效巫臣盡室以行翌日甲婦偶經前院隱約見意中人一瞥去心益駭恐眈眈者害己也急呼乙婦至胆始壯遂同躡其後跡其所往某奔益速兩婦追益力須臾某入宅去兩婦問宅主人適匆促來者爲誰宅主人曰余良人也小娘子何倉皇爲隨入其室諦視之喘若吳牛欷歔尙未已也某懼婦曳己出擲紙粉袋撲其面兩婦惶然駭握之竄而返立告其夫偕保甲往捉某官裏去官訊之不以實供商人呈粉袋及花作左證官不辨袋中何物招醫至驗之曰催眠劑也某知爲醫敗露不敢諱遂一鞫而服謂余爲醫院看護有年知是藥能迷人使人力不能掙扎故小試其技縱余情欲耳疇昔之贈以芍藥報以瓊琚此物功效良多兩商聞言赧赧愧始知茉莉花實此惡姻婚之導線然官不之信問窗紙何爲瑟縮響曰此催眠術耳凡人精神困憊時聞高下疾徐同一之聲久則鼾然睡去余之作蟹走所以使彼速倦也官大怒曰天下豈有此神技耶爾幻詞誑余決不爾貸

命笞五百笞畢某仍堅認不改官無奈又問此種妖術何來爾必爲白蓮教徒某曰此術實西醫王生授余者小人初不之知官聆至此不敢擅決命收監退堂去後問西醫某果實遂定讞爲五年禁錮云

鐵冷曰商人使不發某之奸聲某之罪世人孰知妖由人興其不疑鬼疑仙者幾希一經披露破却千古疑團正自不少吾故謂談狐說鬼自欺欺人所謂妖者實妄而說者實妖後之迷信人其深長思之

詩顚

淮陰蔡叟少不羈七歲工對偶至十四文名藉甚時人以神童稱及長放誕性成有登徒癖好吟咏遇鍾情處多以莊諧出之故又有詩顚名初寄讀故舊家眷一鍼娘有詩曰新涼天氣繡餘工風露迷茫曲檻中避主晚梳揎翠袖聽郎宵讀倚燈紅何年圓夢添香早此夜驚心刻漏終一點靈犀傳脉脉未應迢隔說西東情意纏綿溢於言表又有二妓願學詩於叟叟記其事云畫樓今夜結同盟桃李居然列燕鶯喜

把紅顏呼弟子漫將青眼盼公卿花間問字書三昧月下塡詞酒一甌從此騷壇傳盛事英蛾環拜喚先生其形骸放浪大率如斯雖年屆知非鬢髮半白狂放依然晚年尤好改唐詩媳周氏羅娘大家閨秀也性恬靜解詩詞惟沉默寡言不輕落墨叟徒耳其名未讀羅娘一佳句後其子久客閩中羅娘改閨怨詩寄其夫曰漫言少婦不知愁懶作濃妝上畫樓忽見白頭鳴翠柳怕聽巧舌轉歌喉詩稿散失偶爲叟所見拍案驚奇疑羅娘有懷春之怨遂思賦新臺焉時羅娘偕姑往外家叟見其風致嫋娜羨慕不置戲作詩曰婆媳爭研未肯降老夫擱筆費平章婆顏遜媳三分白媳脚輸婆一寸長未幾羅娘知之稟諸姑謂叟不當以詩經薄倫聲聞於外牆茨之譏其能免乎姑頷之是夕罰叟長跪叟固有季常癖不之奇乃戲吟曰夜靜燈殘近曉天垂頭喪氣跪牀前家人不識予心苦將謂偷閒學拜年翌日書以塞幼孫袖中冀爲媳所得或見憐也羅娘閱之大怒益戰慄不自安叟復百計諂媚羅娘自此後不稍假以詞色久之姑媳防範較疏叟潛窺羅娘獨處遽以非禮相迫羅娘呼救無應

者以言聒之謂能去其髯髯于思當從命若相强立自刎隨握剪作勢叟驚退迨姑至羅默不一言叟疑羅娘言爲眞果剃其鬚僞謂家人曰爲薙匠誤落其半故盡去之羅娘聞言惶懼不已白其實情於姑姑大怒詬誶不休羅娘亦作詩辱之曰老大離家少小回吟髭盡作鬢毛摧頑童相見不相識笑問兄從何處來叟閲之忸怩不可具狀閉戶抑鬱不數月而卒嗚呼詩顛不惜爲詩家着一汚點亦千古騷壇之罪人云

月波

月波京師某寺僧也貌清癯舉止大方有口才工媚人術凡滿清時夫人命婦無不在其籠絡中又善書畫精棋韻頗以儒雅稱文人學士亦多過從者一經托鉢侯門巨萬立集傳箋翰苑贊頌頻來不獨半生吃著不盡亦且頤指氣使左右逢源南面王無以易其寺中亭園臺榭日異月新尤足引人入勝蓋迎合遊人心理借以招徠也庚子變法後老成凋謝新學漸興道遂不行僧又染有烟霞癖吐霧吞雲精神蘼

索一般寒酸氣已不足取信於人一日忽傳該寺院落中有金身佛像自地中上升哄動一時左右數百里愚夫愚婦信爲活佛手持一瓣香來寺拜禱絡繹於途月餘不衰初是佛出現嶄然露頭角鄉近多異之往觀者甚衆及見其出地面日高一二寸不等地旁僅有裂痕他無可疑處信者遂益多僧則日夜焚香頌禱不息佛像時爲熱所炙蒸水滿面僧竊閉目合掌如痴如迷僞作虔誠狀盥手拯巾爲之拭汗又於像近處頻頻以清水灌之一若恐斯土之乾燥者彼善男信女咸稽首若崩厥角喃喃誦佛號不絕方之耶教敬信上帝不是過也越旬餘僧方露及半身僧之囊槖黃白物已纍纍使衆僧掃除前殿寶座擇吉升堂焉其募化簿又集至千金題名者猶斷續未止也又旬餘脫汚泥履平地矣好奇者諦視之泥金及木質毫無剝落處煥然似新裝者訝甚僧爲之解曰佛仙體也既能活動自拔於塵寰中尙何腐爛之有爾等得無以法身爲常物乎急移向殿上並命匠人砌其地以磚立碑於上顏曰佛地是日也燈火輝煌男女雜沓歡迎萬家生佛達旦通宵門戶不閉翌日少婦幼

兒有走失者有踏斃者有被搶首飾者有報賊案者不下數十起警廳苦之廳丞陸某知僧妖言惑衆謂佛自動者妄也出示禁止之愚人多反唇相譏陸忿甚命吏逮佛至鞭之問認供否木偶不應又鞭之金粉脫落時遣下黃豆芽一枝陸曰己認矣命押往監獄去旋提僧月波使事佛如初又招賣豆芽者三人隨警兵數十往寺毀所立碑掘地深尺餘則豆芽充實其間多至數石陸命賣者搜羅去半其値售於各戶自是愚夫婦始知佛之自然上升爲豆芽怒放之功陸歸焚佛像以抵人之踏斃僧畏罪自首認佛係己埋願罰金自贖陸笑而不答卒定監禁十年並搜所藏貲以賠償居民之失竊者此光緒癸巳年事也

鐵冷曰月波愚民歛錢一劣僧耳亦何足怪江甯黃士元前清進士也乃創不經之說以城隍神爲文文山果有何根據耶亦信迷神道將藉此以歛僧錢耳愚民既爲僧欺僧又爲文人欺所謂天道好還者非歟

瞿生

川沙瞿渟號瀛若滿清雍乾時人博學工詩與甘鳳池齊名生平和謹人鮮知者尤精武藝生初生兩親年己五十許晚歲得子愛若掌上珠惟生性靈敏雅好拳術曾受業於某僧僧少林派也從之訪名師游蕩江湖間不歸者凡三年及長益放浪不羈生父思子切至傷明抑鬱累年抱恨而死迨生返母又失明矣生見母抱頭而哭母雖不責以遠遊無方重貽親慮而生則嗟興陟岵悔恨無涯及環顧四壁蕭條老母鳩形鵠面益覺心傷明日往謁舅氏舅氏痛斥之謂天下豈有無父國乎背井離鄉置爾父生死而不顧不孝孰甚爾母脫非吾補助久從爾父於泉下矣憤甚欲逐生出其妻調停之使生偕諸兒讀生唯唯受命居數年造詣逾常兒弱冠入泮文名藉甚後以歲貢援職訓導不就卦冠而歸貧甚其師愛之爲薦諸某紳下絳帳焉紳蘇產濱太湖而居饒於貲湖中盜魁久耳其名紳有女年二八容貌俊秀絕世麗姝也盜又豔其色欲刼之去紳惶懼收召隣里强有力者百人享以牛酒衆賓歡然聲達戶外適生散步園中聞聲疑有他故趨視之則高朋滿座杯盤狼藉生竊訝之無

何門人至問以故囁嚅不言固詰之乃以防盜告面若有難色生曰此事不足憂吾當獨任之何用此擾擾爲命生致意於父紳聞言羞爲生告今事旣洩矣詣生道其實生即作毛遂薦紳面諾之心竊疑其妄以爲窮敎官有如許手段耶故請計於生生曰備缸二滿貯以水置門中事畢矣紳不敢遽信先期請試之生推巨缸及水如運杯然紳大奇遂倚若長城焉及期明火執杖來者百人盜魁二躍溝入見生問立者誰生漫應之盜直前不之顧見缸二門爲之塞欲去之生急馳至以兩手提之置道旁盜見之大駭舉鎗刺生生拔樹起舞輕如一羽盜魁懼而退餘亦鼠竄去事遂寢未幾歲殘生將解館歸紳泣留之恐盜圖報也生不得已許之使紳僞言生已返占其動靜一夕盜果至生熄燈立窗前忽見一人踰牆入立定仰首上視似有所待者生從其後奪槍刺之立倒自是入者隨手斃被害者至十有六後遂無敢進者生不聲張閉門臥次晨書僮起掃落葉於階前見血跡殷然大驚具以告紳紳出推生醒而問之生以實告問屍藏何所曰盜負之去矣吾昨宵不聲張所以使彼自舁以

去爲汝免累爲盜掩辱也否則命案涉官於主人既不利於盜亦損名譽後必復仇今計出兩全可高枕無憂矣紳感其恩並服其智遂養以終身云

花姑

金壇馮某淸皖撫也生平有季常癖妻朱氏生子二未婚而殤時朱已中年不再育徐娘雖老風韻猶存禦羣小有奇妒馮少迕之輒不禮焉初守鳳陽納妾花姑美而賢瑑珠絡秀不是過執婢子禮事朱唯謹坐云則坐食云則食不敢自怠花姑性恬淡寡言笑朱病其面冷無福像不利於郎君不許成禮時囁嚅欲言解頤似笑又責以輕薄批其頰不稍寬謂大人素忠厚乃爲子戴綠頭巾耶牀第間譖諸馮嗾馮去之馮唯唯不贊一辭久之經妻任力勸始强諾焉好合之夕馮仍入妻房不敢逕去僞解衣帶似將與朱同夢者朱微瞋曰去休勿作態馮尙徘徊朱又曰君倦未就牀沿小坐伴余先睡何如馮頷之朱輾轉反側蝶夢難圓蹉跎蹉跎更魚三躍朱見馮頭點涎流撲簌而下始正色曰君去休毋搖搖如懸旌使我不成眠也馮踉蹌去朱

潛起伏門外聽之聞至隱隱嬌語意極綢繆處慾火中燒痰涎上湧暈倒觸門丁丁響馮急起燭之則朱也使妾以薑湯灌之目甫開卽呻吟曰何物么麼乃震余板壁瑟縮有聲擾余清夢使余驚嚇如斯耶馮忸怩不作一語負而登牀多方慰藉驚魂稍定旭日已升嘒彼小星衾裯徒抱而巫山夢斷自此不可復續矣晨起花姑往朝進盥授帨執役如常朱曉妝猶含盛怒花姑賫蓮虀至朱手擎之故墮羅巾使花姑俯拾傾蓮虀於其面蔗糖着膚拂之不去須臾香腮隆然如落湯蝦子頓着紅袍朱不顧仍責之曰誰能執熱逝不以濯痛笞其背不休花姑拭淚出臥病月餘始愈一頭衰柳滿面梅花憔悴容顏何堪入目馮每欲遣婢子通芳訊終恐一聲獅吼醋海翻波徒喚奈何一日縣署爲朱壽朱往焉稱觴祝嘏觀劇手彈蟬聯竟夜翌晨始歸歸則愛河偸渡牛女東西花徑已不可復識忽瞥見溺器遺於花姑牀頭雌威大作呼馮至怒目裂眥捽髮而問曰玉壺春酒適從何來馮汗流浹背咿啞不成語以痲姑爪搔其面雖曰蓮花貌美儼然血淚殷殷搔未已又作跨馬勢騎馮背上馮力振

不得脫驚顛鳳倒遂借濁酒一壺澆其胸中塊壘焉一時流泉幽咽潺潺盈耳臭味差池人皆掩鼻無有過而爲之緩頰者迨門生某出而調停已瓶之罄矣花姑至此既懼且愧是夜遂雉經死

日妓

日妓安藤氏名芳長崎人年二八賣笑於哈爾賓艷名藉藉一時富貴者盡與之交氏既饒風致又美修飾錦衣搖曳雲鬟蓬鬆天仙不啻焉有俄將某朝夕過從與結白首盟旋出巨金爲之脫籍去藏以金屋寵幸倍至未幾日俄戰事起將軍私語之曰愛卿與吾共枕有日矣寵擅專房情逾嚙臂非露水因緣也耶非薄倖卿豈無情軍國大計卿或有所聞其謹秘之毋洩也安藤笑應之唯唯稱是將軍因倚信愈深引爲心腹每夕探篋出輿圖讀之一無顧忌安藤亦不留意酒綠燈紅時作書傭伴讀役司捧硯不亞楊妃久之日俄戰事風熾安藤耳有所聞竊幡然改計曰將軍終夜覃思深慮者得毋披我輿圖協力以謀我軍港乎惑滋甚視將軍外出潛展圖閱

之蟹行蚓跡滿紙皆是則一幅滿洲圖也各地礮臺鐵路軍港纖悉俱備卽轉運之遲速屯紮之宜否亦瞭如指掌而防禦日本之方法尤朗若列眉安藤閱畢熱血潮湧愛國心驟臻極點遂自計曰吾雖命薄下墮風塵然吾祖國福吾不知幾世今敵將溺愛不明罔守秘密以兵戎大計委信於吾天其欲假手於吾以振吾國威乎捐軀報國此其時矣計旣決將軍初不之知循例入署視事安藤竊懷其圖束裝去急驅車詣車站擬東走海參威以遁恐追捕也改道赴我北京歷奉天山海關諸地朔風凜凜砭人肌膚所謂雪谷冰巖者安藤過之不知所苦其耐寒直與松柏同堅矣抵京後入日使館獻圖上日使得之如獲異珍其間山川險阻敵軍計畫悉載焉幕員睹之贊稱不置勸安藤急乘輪東渡以免追捕並遣護兵送之登舟去後俄將歸檢圖不得喚安藤亦不見始知中計大怒懸賞廬布數萬啗捕者而黃鶴一去已不可復得說者謂日之勝俄安藤與有功焉

鐵冷曰安藤一妓女耳履難冒險拚一死以報國其愛國心爲何如乎吾國官僚

不惜喪權賣國眞妓女之不若矣清夜捫心寧無羞死

又曰安藤竊圖而俄蒙其禍雖賠款喪師然損失尚有底止吾國自焦滇賣圖後地勢險要落他人之手焦雖伏誅而隱患正未可限量也吾願民國偉人其以俄將爲殷鑒可

奇騙

婁江黃叟匠人也少知書善儲蓄營業於滬有年每歲春携所有貲歸耕於瀏濱秋成復來滬操故業習以爲常一日負衣包返里道經龍華鎭購煙草食物於市解包付資內所藏金爲無賴所見叟不知之也叟去鎭甫里餘忽聞蹄聲得得疾如春風快馬回眄之則驢也一少年顧盼自雄緩轡而來隨行又半里許漸近叟與叟比肩行叟觀其頗貌誠懇衣亦樸潔不稍疑懼少年殷殷然笑謂叟曰年老力衰尚能負重行遠矍鑠哉是翁叟笑應之須臾又曰長者汗涔涔下得毋倦於行乎聊以疲驢代步何如叟固辭少年固請叟不允謂老夫素健於行不敢以所負累君也少年曰

斑白者不負戴於道路古禮有然長者何多讓爲下騎遜坐於叟叟感其勸駕之誠又見夕陽將西恐安步當車不利於宵行許之少年負包前導行數里牛羊下括雞棲於塒矣少年遙指前村曰彼籬落中峻宇即吾住所也吾當先行數武殺雞爲黍以待聊聯今夕之歡願長者勿吝玉趾屈留一宵焉語時踉蹌去趫捷如飛叟以彼有驢在按轡徐行比至村少年已杳如黃鶴叟遍問村人無一識者叟始知其爲騙請人估驢之值不過十餘金殊不抵悔恨不休翌日訴諸官官命牽驢至堂下鞭一百罵曰汝助主行騙罪不可宥應着革去徽號長耳公流於郊外以示薄懲隨飭役牽驢出鞭而放之觀者愕然不解何意官陰囑幹役隨驢行以探訪之驢既放狂奔數里卒入一村役躡其後見少年笑出牽驢知爲驢主拘至公庭一鞫而服官大怒笞少年數百追還銀物命黃叟於堂下跨驢而去蓋效華陰縣騎驢故事云

鐵冷曰少年騙財未得而喪一驢黃叟一物未失而獲一驢且堂前策蹇貴比太白何其尊且榮也少年與叟豈有幸有不幸耶亦理所宜爾也

節婦

湖南棗陵陳世輝邑之名士也妻王氏大家閨秀貌都麗善吟詠琴瑟甚敦運針之餘或與世輝相酬唱意甚得也然而好月不滿愛河多波江蘇吳縣姜邑令亦棗陵人夙器重世輝之學行特備金來請世輝遂往遊焉既而邑中疫勢大作世輝以染疫去世妻聞夫喪憤不欲生覓死自裁者再得家人救以免煢煢嫠雌孤幃空守遂享盡不情之歲月矣時官文爲湖廣總督以賄賂聞士之進身者非賄不得既獲多金遂思獵豔一日從容謂羣下曰余雖位極人臣寄托封疆然蒼蒼鬢髮膝下猶虛如獲名嬌當貯以金屋爲心腹張某亦棗陵人以納貲捐知縣長於閹媚爲官文所嬖愛密白官文謂吾鄉有陳氏者麗人也今方寡居大府如有意納寵余當設法紹介之官文大喜令以千金往張歸棗陵訪知陳氏素貞不可鹵莽從事因謀於陳之姍戚戚有無賴者聞張言以爲事成可得金遂允爲設法因卽就商於陳氏謂上峯慕世輝名今聞其早亡特議撫卹夫人如念泉壤光榮當到鄂省一謝陳氏信之遂

偕其戚與張某晉省留於張氏之家張供給頗豐張之妻又殷勤欵洽始道督帥之賢繼述督帥夫人之富且貴終述督帥之眷念夫人擬求納采陳氏聞言始知墮計因思事既至此當徐圖機緣以謀脫網遂佯爲允諾惟言聯婚大事當俟月初舉行張從其言時張有僕適得罪於主人因付以重金令星夜赴棗陵囑其戚速謀營救戚故懦訴於邑令令爲官文門下士寢其議陳氏在省中半月餘而音信杳然當時之不肖者方且以爲陳氏嫁得富貴耶綺羅錦繡侍婢數十人勝於前夫多矣孰知陳氏愁腸百轉以淚珠度日乎既入督署官文特置酒相慶陳氏亦談笑如平時入夜洞房銀輝照耀如晝陳氏殷勤進酒官文既驚其艷又樂其用情之殷遂連舉數觥不禁大醉陳氏因遣侍婢他去進見官文之妻曰大府無禮欲納孀婦喪節辱身婦固不幸然妾多寵分於夫人亦有所不利焉夫人然之因問計何所出陳氏請余擬他往大府醒後問余夫人善爲說辭自無他患夫人付以百金令作旅費陳氏既出遂兼道回湘時胡林翼巡撫湖南籍稟往見適胡氏方交歡於官文不之省乃紆

道至南京一訴其事於江督曾國荃國荃怒甚傳見陳氏陳氏曆述其事之顛末曾尤爲報復厥後官文之落職彈章出自曾公或謂其抨擊之主因蓋爲此事云

何桂枝

桂枝何姓浙人某愛姬也家桂林故名桂性靈警而嚴於舉止情腼㥐而簡於言笑有大家風六七歲時父母相繼沒寄養故舊家故舊無以給鬻於潯梧將軍之門下客客廣陵人假將軍威勢出錢數貫强納爲婢瓊林玉樹自此遂下墜深淵矣客居桂未久携桂枝歸蕪城雲山迢遞烟水蒼茫萬里而遙三尺童誰復識故鄉者可憐蟲零丁孤苦朝捧茶湯暮整枕席事主婦唯謹宜得其歡心矣乃主婦素驕悍稍拂意輒鞭箠之桂枝柔脆何堪此蹂躪耶加以缺衣缺食寒無可號飢無可啼而憔悴益甚蓋人非父母誰爲怙恃者雖主翁或偶爾垂憐其如妒婦何桂枝嘗語人曰季常不足懼獅吼乃可畏耳及長豐神俊邁綽約自好儼然月宮仙子主婦知非蒲柳姿漸愛桂枝桂枝又敏活善體人意凡主婦所好惡者無不曲承意旨以故雖威頓

滅不復作狰獰狀矣久之主婦命桂枝呼翁爲爺呼已爲娘親爲熏沐教以詩書親若已女然桂枝意稍懌謂桃花命薄難獲奇緣有情如今日者夫亦可以苟安矣不數月主婦又延瞽師教以音樂心巳叵測然桂枝不之察學未久而簫管琵琶頗能嫻熟歌喉一轉遏雲引鳳不難也主婦既羨其才調而柔婉之態又楚楚動人雖名閨淑媛無以過之欣然喜曰萬斛珠在是矣浙中有滿清工部給事某年六十餘膝下猶虛妻謂之曰余將覓一窈窕備君小星爲君續嗣適至揚城耳桂枝名商於主婦願以千金相贈主婦聞言大喜戲謂翁曰此女明慧端懿色藝俱佳君幾生修到消受此艷福耶導翁相見於堂上翁諦視桂枝明眸皓齒飄飄欲仙謂嫦娥暫謫人間豈容失之覿面緣不吝以重貲納爲妾以去嗚呼桂枝至此曇花再現遂終墮溷濁中不能自拔矣自作悲命詩一篇有來生誓莫生揚州之語可見悲之切怨之深有不可言喻者全詩凡五百七十九言詞如銀瓶瀉水一氣貫注沉著樸厚處尤能直追漢魏故何桂枝者爲粤西閨秀詩七家之一云

附悲命詩（何桂枝遺著）

六月六夜雨聲急有女不眠悲思集側耳東方人睡酣倚牀低首羅巾濕有恨無可伸有語向誰陳坐對中宵雨長嗟薄命身我本廣西城裏女此處爺娘非我親暗想八九年前事寸心耿耿獨傷神憶我六七歲父母雙拋棄寄養向貧親貧親無好意潯梧將軍門下客一時假虎作威勢與得金錢知幾何甘心鬻我作人婢爾時幼小祇從他薄命飄零可若何當年攜到揚州地山程水程萬里多揚州一入主翁宅年復一年誰愛惜朝捧茶飯暮捧湯寒缺衣裳飢缺食主翁有時稍見憐主母鞭箠那禁得忽然年來情意改當作親生女兒待許我呼爺與呼娘梳頭裹足勤勞倍不知奸計險於坑漫道厚恩深似海簫管琵琶學已終牙牌雙陸盡教通纔延李姐傳歌曲又向張姑學繡工事事求全勤督責朝謀夜議誰能測春來春去時匆匆道我長大好顏色嫁得富家貴公子終身享用無盡極昨朝客忽到華堂逼我堂前見客忙不識誰家輕薄子周身上下細端相但見爺娘喜滿面我正無顏歸繡房驚猜不敢

問自知徒自恨耳聞堂上言贏得胸頭悶方知堂上賓乃是浙中人工部給事官名重六十無兒娶妾新豈是尋常行禮節祗聞次第講金銀怪煞爺娘心慘絕千金百金爭未歇我生時日我不知朦朧造作與人說初五聘定初七嫁卻道行程圖快捷可憐我貌空如花可憐我命眞如葉今日人家呼作兒來日人家呼作妾似此傷心復怨嗟夜深掩涕肝腸裂早知粉面換黃金悔不當年墮江月已矣哉且莫哀不見揚州舊風俗親生女兒嫁天涯天涯復海角骨肉之間豺虎惡我復何須淚零落淚零落情未休長江之水無西流風俗不改古人愁寄語紅顏綠髮閨中女來生誓莫生揚州

朱鴉頭

朱鴉頭婁江楓涇人性廉潔不苟取爲人傭計工而食勤勞異他人謂食焉而怠其事必得天殃有王承福遺風焉歲寒短褐不完嘗曝於日中以取暖主人憐之給以貲使購綈袍衣之謝辭不受固與之則怒曰我有黃棉襖何需此不聞負暄野人凍

死也居常喜飲閱十數日輒以杯酒自勞酒後耳熱仰天拊缶而呼烏烏狂態可掬人多笑之蓋朱固不善於飲而好之者也或問之則曰人貴及時行樂何徒自苦爲囊有餘金則以與道路之廢疾餓者一日出汲得遺金百兩於道坐守之以待遺者來取久之不果來朱亦不去既晚主人覓朱不得大驚疑朱落水死急遣人問諸水濱尋者至紅橋頭隱隱見一物臥道旁吼聲如雷間且聞鐵索響懼不敢前歸告主人率衆攜燈火復往燭之則朱也并兩桶以扁担架之作床已鼾睡去呼之一躍起復鏗然有聲知爲鉤鐶也前疑頓釋衆擁朱歸朱猶覺慊然不安主人笑曰拙哉子也明日吾爲若書告白命失主來取可耳何必竟夜守之經旬餘失主聞信至欲分其金之半與朱朱曰我果欲此則盡有之矣何半爲失主感其義曰他日當有以報君朱又曰我無父母無妻子饑而食飽而睡豈孳孳於是者乎失主曰畸士也不可以强揖而去會亂作主人他徙朱乞食於市以生賊至欲擄之去朱曰我一丐耳何用擄爲賊曰從我去富貴唯所欲曰我唯不欲富貴故乞食不然善自儲蓄豐裕有

年矣何必爲盜賊賊怒其誚己也殺之嗚呼高義如朱不得其死識者異之不知舜蹠僅爭此一息朱不爲盜屈而爲盜殺義利不容混也君子小人於此判然矣

湘竹齋主

湘竹齋主劉氏女史也性嫻雅工詩詞父爲粵東名宦早喪女史失怙年僅十齡家貧饔飧莫給釜生塵突不黔幾習爲常女史幼稚既不能謀生養母又無叔伯終鮮兄弟誰爲將伯助者其母以貧故以愛女故不得已再醮於同里周某女史隨之寄生有主蔦蘿何患無依教養兼施閫範胡憂不淑女史瞻依膝下衣履純樸不事浮華操作勤勞尤知節儉夜則勤讀必至三更頗覺青燈有味不稍厭倦日則斷虀畫粥掃葉烹茶奉養服勞執弟子禮唯謹雖時至嚴冬手足龜裂無怨言亦無慍色儼然以養子作婢子矣居數年又以繼父命隨侍至蘇山陬海澨千里奔波誰復敢言戀鄉者煢煢弱息作客他方形影相依伶仃孤苦愈覺心酸終日牛衣對泣血淚沾襟畏彼良人無可告訴可憐尤可哀也乃才子佳人桃花命薄風波險惡層出不窮

鵲巢難託既頻來強暴侵淩晴雨非關又欲效斑鳩逐婦可憐蟲重嗟失怙前路茫茫無從問津那堪回首窮居數月庚癸頻呼忽來撮合山欲把赤繩牢繫時女史年纔及笄風雅宜人淡如也不戚戚於貧賤亦不汲汲於富貴瀟洒胸襟直追李杜豈籠中物哉乃年非老大嫁得商人寵讓專房居以別館輕離重利既歎夫也不良讀賦生瞋又稱河東獅吼女史一荏弱青年耳際此紅顏如三春之樹能毋有彩鳳隨鴉之感乎女史不然貞靜幽閑手披口誦或與姊妹花相唱和或教婢子行以書字裁箋拈句以娛芳年不怨不尤其亮節高風有如此者女史有別墅名湘竹齋以齋多湘妃竹故名其好湘妃竹者以湘妃自況誌其苦也以竹自況誌其貞也是齋去塵囂遠耳不聞嘈雜之聲目不睹麗都之色惟流水潺潺羣英粲粲而已女史暇逸竊居其間時則編籬種菊汲水灌花願饒高人風致時則飛觴醉月拈韻吟詩又不讓謝家道韞專美於前也著有湘竹齋詩詞集凡十餘卷屈子離騷經次回疑雨集女史之措詞悱惻情意纏綿有過而無不及嗚呼清高如女史能詩如女史者愧煞

趨熱附羶爭妍鬥麗之英雌多多矣

蘭英仙史

蘭英仙史失其姓廣西人性慷爽身小而健敏活異常有勇敢負奇氣巾幗中英雄也家貧親老蘭無長兄有弟幼弱毛羽不豐庚癸頻呼誰爲將伯力强年富惟蘭一人菽水承歡職無旁貸蘭生平不願老死深閨激昂有大志雅好劍俠薄繡鸞描鳳而不爲以故矢志從戎效木蘭故事聊博升斗糈以充養老貧脫簪珥捐脂粉喬作男子裝英氣蓬勃昂昂然干城選遂投入梧州三江緝捕營爲下士焉居數旬吳鈎却月漢劍捎雲竟爾武藝精良超庸越俗雄冠劍佩風度雍容倜然鬚眉男子不作一毫兒女態數月後忽爲同仇察覺報諸營長欲逮而懲治焉急棄甲而走逃至佛山清風兩袖窮無所歸欲沿門托鉢則征袍未卸欲改頭換面則裙帶早捐甚至匿跡禪林摹碑守藥擊磬焚香銷磨歲月亦足以清心寡欲蕩滌紅塵然爲一人計則得爲一家計殊未善也蘭英不得已鬻身鷹沙翠倚院作買笑生涯至院時猶佩刺

刀履革靴帶有丈夫氣姊妹花爭往道賀有含笑者有贊賞者有惋惜者間亦有悲其志而泣下者一時花榜名傳聲震遐邇凡名人雅士莫不往院物色崇拜靡已蘭英天姿俊秀惟胸懷高傲對客不易垂青寡言笑懶修飾雖翩翩美少年媚態百出博蘭英歡蘭英弗睇也院主亦居爲奇貨一登龍門聲價十倍卽達官貴人偶開華筵欲得蘭英一佐酒必先致意通慇懃始得其一至然遇豪俠者流則情意纏綿周旋倍至雖憔悴風塵顏如染漆蘭不爲怪甚且纏頭金罄綈袍已敝蘭亦不冷視也時出其儲蓄資爲周急英豪之用其胸襟磊落從可想見當閒居時每端坐沉思念及木蘭功成身隱牀坐西廂門開東閣小弟宰羊以享父母出郭以迎竊淚下沾襟愴傷不已故時人有花木蘭第二之稱云

鐵冷叢談卷四

寶應劉鐵冷著

猿刼婦

成都農人胡某家小康年十八娶鄰邑鄒姓女爲室女小家碧玉也父貧毋困不能養遣媒促胡早娶十六歸胡夫婦頗相得姑性强悍憒奩具不多單寒殊甚唇膏面的既少瑤函蓬沓郎當又無繡櫝怏怏不樂結轖後詆毀無地謂賤骨頭乃作欲金屋阿嬌耶畫眉無筆買粉無錢吾爲汝羞愧死矣女不敢聲唯於鴛鴦枕上以淚洗面而已閱數日客散故舊親戚無勸止之者暴戾滋甚獅吼一聲聞者失箸謂黃金條脫白玉搔頭乃吾家物薄福人休想消受也隨收去繼則愈逼愈厲荆釵布裙亦取攜殆盡蓋迫其于歸時言告父母重索金錢耳女念母家墨突難黔行將餓莩既不能作苦以養尚能苟求耶思鄉益切憂憤益深然弱女子徒喚奈何終沉淪於恨海殊不易自拔也未幾歸寧有期且悲且喜而惡言滿腹哭訴不難矣屆時夫婦偕

往女行疾而胡行徐瞠乎其後迨抵鄒宅日薄西山將與地平線相等至則岳家訊以女蹤欲使人郊迎胡詫甚曰渠先我而行後我而至何耶衆聞言亦大駭遣戚屬四出尋之不可得待數日杳如黃鶴音問莫知控諸官指爲翁姑謀殺官拘翁至血膚取實究無端緒惟述姑媳詬誶之辭以此疑姑提姑上堂榜掠之五毒慘至姑不能堪誣伏又訊胡胡曰老母不任苦刑所言皆妄吾以妻之故而使母冤死大不孝也今我實供之殺妻者我也我行經大川推彼落水死謂余不信吾泥滓之鞋爲衆所見迄今猶存而某川橋旁足跡亦不難履驗也官調鞋檢察使使查勘悉吻合遂下獄論抵經二年餘決有日矣官方自矜老吏曰某無頭案是余破獲者某謀殺案是余審判者忽擊鼓聲喧急如暴雨乃女子鳴冤也隸役十數輩將共執之見女子所抱物如小兒然徧身多毛作淺黃色而額則隆然起兩眼深凹頷下極狹伏懷而乳似人非人似獸非獸性頗靈敏畏人不肯起咸大駭呼曰怪物怪物有問諸女子者則俯而不答嚶嚶啜泣焉羣吏奇之急趨入報官官亦稱奇隨升堂訊冤狀一時

觀者如堵擁擠不勝女子見官大聲謾罵曰汝等狗官乃以人命爲兒戲耶官愕然繼曰吾胡某妻也三年前偕夫歸寧吾夫謂吾落水死者誣伏也吾非儼然在耶官聞言知己實妄斷忸怩不可具狀口吃吃亦不能答良久始曰從實供來當赦汝夫罪女子曰是日行經猿門山遇羣猿無算奪余禮物去余追之猿亦還行相遇於途又搶余首飾花鈿去余懼甚不敢深入反身逃忽一大猿率羣猿至阻余行捽余衣曳余登山巔中有石洞一洞口僅容人入則較大光通一線幽暗如地獄以落葉汲樓爲席以獸皮及鳥羽遮余體以山果果余腹余不堪其苦欲遁者屢然大猿出羣猿監守綦嚴殊難逃脫也明年產一子始稍縱然出入相隨者必三五時登高四望但聞流水潺潺過不見人且山頂距水甚遠險峻不易下前月水漲頓見近處有帆檣影徐徐掠山麓過遂嗾羣猿爲余攀樹摘果余倒身臥如碌碡然輾轉達岸側皮膚盡碎血跡淋漓不稍恤急起大聲呼救舟子載余去離麓甫十數丈而山巔擲石狂下如雨微舟子身手敏捷全舟盡覆矣述至此聲嘶不成語聞者皆歎惋官遂提

胡出獄對質胡見女抱頭而哭慘不忍聞猿子亦哀嘯不已似有感而動於中者頃時觀審之人莫不涕泗滂沱而滿堂爲之肅然哭畢官旋命吏釋而縱之胡携女歸伉儷如初卽悍姑亦喜不自勝不復以惡聲惡色加諸媳矣鄒氏後生二子夫婦均享年七十云

鐵冷曰誣伏以救母孝也自首以救夫義也集孝義於一門而化及惡姑理也胡氏夫婦吾無議矣悍潑虐人者往往受殘酷之罰所謂天討者非歟昏瞶如某官嚴刑取供草菅人命獨不聞加懲以罰此無法之國小民所以哀哀無告也而是猿者出其野心以禍世其後患有不堪設想者矣

林望仙

鐵沙林望仙少林弟子也滿清咸同間以拳術稱性温雅豁達有大度人或忤之輒付諸一笑非怯也以術深恐舉手傷人也一日以鹽案涉廳丞將捕之聞林有武力不敢擅拘請參將某發兵助之參將亦嫻劍術聞言技癢親率兵數十往擒之林坦

然出曰行則行矣何擾擾爲偕之首途林見衆兵森嚴荷戈夾道而行仰天長笑曰天下本無事庸人自擾之參將怒其誚己舉劍示林曰爾尙猖狂耶看劍林亦抽刀出曰看刀對舞多時參將漸不支衆兵知不敵亦呼嘯散參將受挫後恨之甚然林不自矜其能有問之者竊曰白刃當前不得不避其鋒耳非欲辱人也都人士嘉其言行爲之昭雪案遂寢明年遊於蘇遇一賣瓷器者橫擔道中男女環觀路爲之塞林使之稍讓某目睨林貌知非凡人大怒曰吾識汝好漢與汝一較身手何如林謝不敏某固請林不許某强之至一典前階石上奮拳相擊足之所經石輒碎林且舞且却退至門扅典主大驚恐禍己也呼止之遂罷次日林啜茗留園某又往訪潛點其腰林未之防也及覺某已遠竄杳不知其所之微歎曰設計傷人非丈夫也遂快快而返不數日形容憔悴滋甚門弟子問其故林備言其詳時少年負氣者莫不欲圖報復林笑止之且曰汝等非其敵也久之林益羸弱門弟子憂之問可療治否曰我若向某道歉彼當治之然不知其技藝何若未便拜下風也爾時某來汝等爲吾

一偵其術於是林之門下士四處蹤跡之久不至林病益篤忽謂諸生曰吾有一技未授汝今爲我取麻繩來生如言林裸體臥橙上命諸生縛之間有能以刀斬吾腰者乎諸生逡巡不忍林怒曰膽怯如鼠尚得爲好男兒耶未幾一人奮力砍之刀落繩脫林一躍起無纖微傷諸生咸驚異閱數日某果至問望仙安在家人僞以出外對某既去林陰使徒踵其後探其所長見某手持鐵柄傘行十餘里腕不知倦不見易一手生歸告林林曰吾技未足與較也吾病而死其命也夫書曰滿招損謙受益吾以一言不慎而啓人猜忌以致戕生小子識之言訖而卒時年五十有三云

屠隱

屠人某逸其名明季襄陽人身體魁梧脩八尺有餘方瞳微髭貌甚奇偉豪氣盎於面望而知爲異人也貧而好讀工書法用筆挺拔遒勁酷似其人尤喜作對偶其家內外楹聯多自選自書舉止溫雅性情戇直不類鹵莽滅裂者每道及魏黨排擠東林竊怒目裂眥恨不手刃之以除其奸嘗仰天長歎作獅吼聲蓋所謂不平之鳴也

時流賊蜂起剽掠頻聞張李私心自用爲虎作倀某銜之切骨方獻忠之敗良玉下襄陽殺襄王也某父兄悉被害憤甚欲以博浪之椎狙擊之爲天下除害卒以禁衛森嚴不得主帥之所在詎志未遂而事已洩奸黨追捕甚嚴某因匿跡他方沿途乞食以爲活旋至蘇復託於屠以自隱焉曾自書楹聯貼於門曰倘遇平王鞭六百若逢漂母報雙千蓋欲倍伍員韓信之報復非心有所積不能言之也尙書某過其門見之嘉其志羨其書朝夕過從不啻刎頸憤天下無道國勢顚危恒仰首伸眉論列是非慷慨激昂頗具澄淸之志逮滿淸兵下江南可法已死宗社爲墟某約尙書殉國難以翌日午刻爲期尙書慨然允之屆時某往踐言則尙書談笑自若似已忘之者某知其累作憤世言乃爲功名罣誤非傷宮室禾黍也嗟乎生死關頭聖狂立判屠者自悔以言取人失之宰我一笑而返自縊以死聞某尙書投誠滿淸卒復其職惜不詳其姓氏云

鐵冷曰某不能掃蕩胡氛手刃兇惡徒一死以報君親無足貴一屠夫耳而氣節

若是其志可哀其事蓋亦僅也彼巍巍尙書世受國恩而乃忘祖宗之德作犬羊之奴則又何也吾獨訝夫清之末幷一屠者而無之然則氣節之移人顧不大歟

村童

圖書四壁花草滿階坐竹棚中飲香茗數甌與故人菊隱居士閒話滬濱風景藉消長夏偶道及新新舞臺同命鴛鴦一劇菊隱狂笑曰異哉天下何多情人也余奇之叩以故菊隱爲余道某村童事情極悲慘跡近癡顚頗足使有心人一哭因筆述之

吾邑有地名馬廠者鄉中一村落也農人周姓饒於貲耕百畝之田樹五畝之桑菽麥雞豚不可勝食閒來飲臘酒半壺唱村歌一曲志高巢許足傲王侯膝下有女年二八清秀可人寡言笑勤炊吸周愛若掌上珠問字者踵相接以貧故却之適有村童某爲周帮傭多年與女性情相若年齒亦相若初至周宅總角猶突兀崢嶸也兩小無猜意氣極投春夏之交各携簑笠坐牛背踏遍荒郊飽嘗風雨出入必偕未嘗有所後先村童衣或汚穢女必爲之澣濯而炎夏納凉之餘黃髮蓬鬆亦親手爲之

梳理至收穫期中村童遇有任重之事亦獨當其艱不願以之苦纖弱之姿有時車水於深夜間互相輪流苟有席地而臥者不忍其露宿風霜之下多脫其破衣互相掩蓋情同手足胸無纖塵見者以其小而忽之不稍留意及長父老多戲謔之者欲以赤繩繫二人足二人面赬過耳羞澀不可具狀而愛好之眞情不因人言而間當其爲人道破時立趨而避之似不勝惱恨者踰時又忘之之矣辛亥秋村童臥抬棚中防露積爲人舁取處此守夜也抬棚以木爲之可任意抬而置諸場圃之上故名是棚僅可陳設枕席餘無容物地村童丁風饕雨虐中偶染寒疾不食者已三日周家收藏事忙主婦雖愛憐之而無暇顧及女則因村童病任事倍於曩昔而心更戀戀於村童不能一刻忘忙中偸閒或飮以湯藥或問以痛苦終日蛾眉雙鎖如有重憂一日黎明女炊早餐熟後送茶與村童見彼困憊益甚淚爲之落村童曰吾感妹恩唯報之九泉下耳今生已矣女默而不答久之兩人腦昏頭重沉沉睡去蓋女勤勞過度精神已疲乏故不堪此悲楚耳女兄起覓女不得訝甚繼見女橫臥棚中捽

其髮而去怒斥之曰門楣爲汝掃地盡矣汝願自栽抑待吾與父母送汝死耶女嗚咽不應乃閉之室中絕其飲食者累日村童則於彼覺後已載以小艇送歸故里矣閱數日鄰人勸周再三始縱女出然女神經紊亂已若白癡復經月餘較瘥略能事事而憂心如焚時時凝神深思終不能恝然於村童也村童至病劇時囈語不休亦莫非愛戀於女問女之存亡而已積久病瘳散步鄰村忽聞女別後消息知女未死亦未嫁慰甚乘夜逕向周宅行至拾棚旁感懷今昔望美人而不見不覺悲從中來俄頃女携糞箕立廁前亦注視拾棚寄紅豆之思瞥見村童狂奔而至笑握其手不能發一語良久村童拭淚謂女曰生離不如死別吾唯以死報汝耳女笑曰計良佳吾已籌之熟矣請稍待隨還家以粥湯和芙蓉膏一杯捧至原處與童對飲迭爲酬酢不啻聯合巹之歡飲畢二人倒身棚中抱頭而臥迨周家察覺已涎流滿頰不可救藥矣後周姓備棺收兩人屍而分葬之村童家屬猶欲控諸官以坐周罪謂村童之死爲周所害也嗣經周出錢百緡事始寢

鐵冷曰情以愚而眞愚而至於癡則其情愈眞村童藿天性爛漫若卽若離若有知若無知而愛戀之誠出於自然不假一毫僞托並無一毫苟且之意斯乃眞情人也彼家屬不能畢村童之願使之死而異穴亦何無情之甚耶

可兒

可兒小家女容貌秀美時人多以碧玉稱家貧失怙後益窘可兒日蕩舟珠江賣果餌以供母母賴以生活焉每當夕陽西下放棹歸來雲鬟青螺共落霞而爭媚玉骨冰肌憑秋水以傳神凡晚眺遊人風流名士無不嘖嘖贊美比爲凌波仙子然西施雖娟好無有敢唐突者時而淫雨爲災風濤險惡母或阻其營業可兒必冒駭浪放中流謀蠅頭之利盡菽水之歡蓋家無隔宿糧不忍使母斷炊耳偶有於微雨中或初晴時見可兒者謂一葉扁舟隨綠波而上下清如白水靜若沙鷗令人可愛尤可敬也及長不字問其故則以母老爲辭未幾娼家豔其色欲使之賣笑啗其母以重金母有許意轉商於女女垂涕泣而道之謂污身以養母何如潔身以養母期期以

爲不可勸者曰得重金以雞豚事親不較愈於藜藿乎女默然遂落籍可兒爲人不苟言笑美如桃李冷若冰霜洵勾欄中奇人也雖楊柳春濃尋問不少王孫然娥眉懶畫月夕花晨類多辜負久之浪蝶狂蜂罕來徵逐而可兒則偶有纏頭金必請以遺母人知可兒孝亦不之禁也有順德某生一見深相契合浪擲紅綃盟訂白首以爲三生有幸豔福當可消受矣朝夕過從形影相隨或並坐月中或偕行花下情好甚摯而燕昵俱忘歷數月未及於亂生或戲謂之曰卿與吾意洽氣同何乃無風月情可兒曰妾無他意第欲與汝作良友相酬對耳又月餘生情不自禁强欲爲歡可兒峻拒相對作牛衣泣泣罷各含情無語生默念剎那間情慾熱中已不知涕泗之何來又破涕爲笑曰吾與卿纏綿情境數月於茲居恒晤對儼若賓師毋乃束身過嚴乎可兒曰人非草木孰能無情惟妾不願以病軀累君耳生愕然可兒又以清切之音誠懇之貌殷殷語生曰妾先人本有瘋病未及三世今以遺傳禍人則吾豈敢況君本遺孤且承祧族叔者也使妾以病害君則妾爲不忠君爲不智一不可也使

君以妾故傷身則妾爲不仁君爲不孝二不可也又使君或因妾而禍及子孫妾死不足蔽其辜然人將謂君何是妾又不義君又不慈矣三不可也有此三端故妾之拒君所以愛君有情人倘其諒妾愚衷耳生聞言感愧交集謝罪而去生去旬餘再訪之則可兒於數日前爲生投江死矣生大慟封其墓如敵偶云

公俠

公俠周生魯人也少負奇氣膂力過人能抉數百斤物超躍重垣時人以崑崙奴稱平生嫉惡如仇里中無賴有作盜竊者悉擒治之不稍縱無賴銜之刺骨屢思中傷之未得間一日慈雲寺盜案起刼財萬金傷寺僧十數人生同里無賴爲之首被捕官裏去罪當斬無賴與生有隙抵生爲魁己爲附生佐案下獄鄰里不平爲之伸雪卒以生有勇力被疑不得釋定讞就地正法棄市有期生父年七旬有奇膝下鳳雛僅存碩果愛之彌切背佝僂髮蒼蒼猶日擕酒漿餉生一見嬌兒泣不能仰謂桑榆已晚今爾若此吾將焉恃臨刑日法堂森嚴戈什環列忽衆人中擁一玉人上周身

縞素淺似帶雨藥花淺抹淡粧不啻霜娥月姊雲鬟繚亂粉汗淋漓彼何人斯生伉儷素篤聞生將就義急持若翁印信至爲生緩頰時已不及有司笑曰漫將潘邸誇高誼丞相下獄不如吏老夫一朝權在手那識嫌疑與牽累飭吏曳素娥去素娥氣喘如絲見白刃交加驚魂欲死復捨身衝鋒而前凝神正色謂有司曰以身代可乎有司不應素娥環視赭衣纍纍滿階幾不識藁砧誰是忽見無賴伏堂下意甚得眉飛春柳齒切瓠犀恨恨作手擊狀似欲剖其心而啖之者其俠義心腸睟面盎背令人起敬繼又呼天搶地膝行至生前頭觸地自戕生相對默然無情似魯男子恐素娥爲情死而老父侍奉無人素娥熱誠滿腰初未計及片時間血花四濺玉碎香消矣生乃狂笑曰癡哉女子余殉無賴爲地方除一害余懷頗慰彼禽獸衣冠無賴類耳吾寧與無賴同死不樂與禽獸同生又裂眦怒曰拙哉女子吾寧汝爲吾父而生不願汝爲吾而死言至此嗚咽不成聲惟血淚涔涔而已須臾號砲三聲光一閃頭顱已舍軀殼去時生父方倚閭而哭及聞生夫婦俱死既憤且驚痛極而暈半日未

蘇葢跨鶴西遊不復旋返矣嗚呼羅織無辜殘害忠良一日而喪三命昏瞶如某有司者何可勝數安得荊聶百千起而掃除之耶

翠英

翠英者字小英朱姓吳江周夫人侍兒也年八齡事夫人唯謹伶俐俊秀有大家風夫人愛若掌上珠親爲薰沐敎以女紅金針鴛譜無不精絕又令從女公子就學共硯者數載善書法工詩詞骨肉停勻堪比松雪新清俊逸不讓庾鮑於是才名噪於時凡公子貴人風流名士莫不傾慕奉若仙姬或欲納爲書僮司花捧硯或欲藏以金屋抱衾與裯屢有撮合書夫人重惜之不欲以備小星之選固辭不許翠英稟性婉媚姿容不凡亦非池中物時隨夫人出常粧便服遲遲來前膚雪鬟雲柔若無骨而態度閒逸娟娟楚楚如不勝衣見者咸謂神仙中人也以故傾動一時媒妁往來戶幾爲穿久之眼熟者知夫人意計無所施怏怏而退夫人年近古稀見赤繩無可繫處又引以爲憂恐己棄世後美人墮落紅塵愛之者轉而誤之也於是有急欲訂

婚意適同里典商某遺嫗來求婚焉商人家號素封膝下鳳雛早已嶄然露頭角有長子年十六白面書生也夫人一見大悅有允許意戲謂翠英曰之子才品風流眞堪婿汝翠英紅暈於頰微露瓠犀似首肯者未幾涓吉納采聘定有日矣夫人忽病勢且不起翠英進湯藥侍起居衣不解帶目不交睫者月餘玉容憔悴迨夫人西逝哀慟逾所生不數日商人聞夫人喪知無所依迎翠英歸爲養媳焉翠英年方十五司炊爨勤浣濯操作極勞衰弱愈甚加以姑素悍潑胭脂虎據地一吼氣變風雲翠英入門後小有不合輒以荊條從事以風雅文弱之翠英當此苦況其何以堪翠英乃忍辱含羞不敢犯上惟自怨自艾歎紅顏命薄而已竊幸良人儒雅情意春濃差堪告慰嘗作詞云閒把芳年花下數數徧銀箏柱梳就煙鬟籠曉霧更裙曳瀟湘雨乍出蘭閨行復住潛傍櫻桃樹藕覆微鬆肌玉露不信道檀郎覷讀此情見乎詞極才子佳人之韻致而遇姑不淑至於此極有心人當爲之一哭乃其後姑性愈肆雖已合巹成婚依然毒笞無已初翠英夫婦憐我憐卿猶各自悔謝繼則罪子以寵妻

逆母仇子益深翠英又不忍其夫代己受過也一日黃粱夢熟早炊偶遲遽以火箝烙其臂夫刑除砲烙炯戒昭垂乃惡姑甘冒不韙用於極順之女子慘執甚焉是夕翠英忽不知何往疑爲其夫所藏匿遂興問罪之師母子舌劍唇鋒徹夜未休翌日青草池塘女屍浮起始知可憐蟲已魂歸水府矣翠英主家聞知欲向秦鏡臺前與鼠牙雀角嗣經鄰里斡旋豐殮厚葬而止噫養媳被虐固不止翠英已也而翠英特較著耳願窮巷編氓略存人道毋使柳折花摧以早出此人間地獄爲幸也

碧筠

漢陽駱碧筠者女學士也少孤寄食外家從中表王生讀聰穎過之視王生幼稚而浮囂嘗揶揄焉王生溺志嬉戲置若罔聞越年餘碧筠竿頭日進初嫻吟詠吐辭輒風雅十齡登黃鶴樓步崔灝韻才調俊逸詩壇宿儒爲之擱筆繇是弄翰操觚者耳碧筠名嘖嘖稱不櫛進士頗器重之而丰姿姣好甲於輩行秀靨承顴明眸善睞毛嬙彰秋西施掩面矣故人又以洛神呼之而不名以洛與駱同音也時王生遭父喪

年方七齡。其母以膝下鳳雛。存僅碩果。鍾愛益深。而王生恃寵而驕。荒嬉愈甚。及除喪始專心致志。崢嶸露頭角。每與碧筠課。縱橫馳騁。角逐文塲。竊以雄師自負。偶落碧筠下。則怏怏不樂。若受撻於市朝。引爲大恥。逾年才思橫溢。倚馬萬言。應試冠其曹。遂游於庠。弋取功名。輕如拾芥。遠近交譽之。槐花黄時。又登鄉薦。年纔十六耳。儒林中人皆曰。何物老嫗。生此寧馨兒也。碧筠至此。亦心焉羡之。而刮目相看。不復加以白眼。然以男女之嫌。早棄筆墨生涯。作織錦生活。繡鳳描鸞。意慵心懶。翻悔芸窗共硯。月下花前。未能一吐李杜光芒矣。見生瀟落不羈。翩翩然佳公子。文則一鄉祭酒。名則一科經魁。隱隱有蔦蘿附松之意。問生起居。饑寒飽暖。情意纏綿。溢於言表。針黹之餘。或執經辨難。或飲酒論文。極騷人之樂事。生亦酬酢應答。戀戀有憐愛之情。惟童心未化。分韻拈題而外。酷嗜蹴踘及放紙鳶諸事。終日踏破荒郊。恣情遊戲。如不羈馬。碧筠懼其蕩檢踰閑。或運動激烈。致傷身體。間與之蹴踘。以羈縻之。而芳草如茵。斜陽如畫之中。一雙玉人。蹀躞其上。見者靡不疑爲神仙眷屬。曰可人兒幾生修到碧筠金蓮玉筍不堪久立飄颻不定如不倒翁生見之輙鶻鶖笑而二三婢僕亦鼓掌助戰深慮玉山傾頹屢欲扶持之又束手而回碧筠秋波流慧蓮靨生潮含羞睨生而責婢曰小妮子以吾爲力不勝一匹雛耶生笑曰羽毛豐滿一飛冲天雛之志也燕雀何可輕視鴻鵠哉碧筠知無意中慢生而生未能諒其初衷又故作狂笑撫肩謝罪生笑頷之未幾和悅如初碧筠局促之狀始渙然冰釋用心亦云苦矣如是者積日累月王生墮其情網中漸漸束縛有如春繭月夕花晨非與碧筠俱不歡也時故舊中間有欲以赤繩繫二人足者生聞之紅暈於頰碧筠則垂其粉頸娥眉雙鎖若無限愁思陡湧腦海間淚珠幾脫眶出矣蓋感懷家世零丁孤苦非巢借一枝幾無棲身之所又回憶爲生操家政伴誦讀燕嘴啣泥勤勞誰憫而渭陽舅氏不遽締姻若有意若無意果別有賢媛者則後此臥榻之旁豈容他人鼾睡不惟專房之寵付諸東流即求饘於斯粥於斯與王生歌詠於斯已不可復得是以悲耳明年生以禮部試北上將行碧筠愁腸百結惘惘若有所失偶與生散步花陰見梅

花綻蕊小鳥驚飛指梅謂生曰願弟如王曾未問和羹且冠羣芳生唯唯繼言千紫萬紅春光明媚不及賞翫歎婉久之又曰北地苦寒吾弟作客萬里眠食宜慎毋過事儉節致勞憊累老母憂也生曰丈夫志在四方起居小節初不足慮所不忍恝然於懷者母與姊耳念晨昏與共承歡萱幃無異連理之枝非具義膓俠骨烏能至此今吾遠適異鄉所賴以娛親者惟姊而已千鈞之身尙希珍重碧筠聞言如獲佳果又恐爲鏡花水月終成幻影慨前路茫茫渺無涯岸益增惻怛生曰今日只可談風月不宜話別離使人黯然銷魂也況吾果獲雋計南旋之期不過在榴花時節屆期與姊觀龍舟戲綵而賦競渡之詩駒光易逝僅一瞬息間耳碧筠俯而不答此時情絲一縷蕩颺空中幾傳陽陰之電兩兩相吸而排去空氣之阻隔矣明日生母爲生餞行使碧筠治酒飲之碧筠躬自調羹玉筍楊妃之指魴魚西子之唇覩物思人勉加餐飯幾忘隱憂不復追念而王生飲酒賦詩碧筠殷勤勸酬罰依金谷交錯觥籌極家庭之樂比交杯合巹之歡有過而無不及席散後檢點囊篋翰墨圖書悉碧筠

所佐理生僅規其大略而已詰朝老僕肩囊負笈乘舟順江東下由滬出海程數日達京師矣碧筠鬱鬱家居懶畫春眉鬢髮蓬鬆除盡力治家外盼生竹報日無虛時偶得尺素寸箋珍逾拱璧價抵萬金殷殷爲生母道其詳口講指畫明若觀火瞭如指掌生母愛其才能視爲掌上珠雖未締結良緣儼然以家婦待之矣治田產營舍廬事無大小悉以咨碧筠碧筠獨任巨艱措置裕如亦儼然以主人翁自居矣惟王生夭矯不羣若即若離有魯男子風以故碧筠苦心焦思患得患失常虞壓線年年徒爲他人作嫁也生母見其神經惝恍離羣索居隱隱有悲傷之意使老嫗以婚事諷之謂長夏清和主人衣錦榮歸結褵有日小人當乞杯羹爲碧公子浮一大白也碧筠睨而止之曰吾人萍蹤無定不知爾時又在何處爾主人事與我何有哉嫗戲之曰碧公子何謙抑若此玉人賢淑舍公子其誰與歸小人可預賀也碧筠面赬拂衣而去帶雨桃花紅嬌欲滴崔護不來伊誰題詠碧筠悄坐書齋支頤含笑回憶嫗言將疑將信如墮五里霧中而倏見青雲一段自忖運籌閨閫上博長者之歡綱紀

家政而下順郎君之意角逐文壇良果之收當仁不讓果如嫗言則飛觴醉月燭剔紅牋韻選尖义樂何如之隨檢王生所遺書反覆誦讀羹牆如見忽而瓠犀微露忽而蛾眉深鎖忽而舉手作推敲之勢咿唔有聲蓋不知朝雲在側竟啓口而吟紅豆焉婢前席呈所持玉簡笑曰及第花開春風蹄快好消息當在此魚腹中碧箋驚駭急藏所閱書起而與之絮語曰書來何暮夫人望眼欲穿矣啓而視之知春闈報罷王生名落孫山不勝惆悵繼思把袂匪遙花裏送郎柳梢待月亦足以暢叙幽情而免雨散雲飛之歎科名得失本爲身外物何足掛人齒頰耶及覽至丞相某公延爲西席心坎作忐忑狀既而曰陳蕃讓榻董子下帷奮志雲程理所應爾第北堂春老風燭堪憂脫令倚閭而望致損餘年撫遊子之衣念慈母之線其何以答報春暉耶趨謁生母告以巔末生母曰勝敗乃兵家常事吾視功名如敝屣初不加喜戚於其心徒以汝弟才堪遠到年少不羈不忍使彼局促如轅下駒是以出此碧箋曰吾亦云然今方掌某公教席坐擁書城努力經史異日激昂靑雲揚眉吐氣如探囊取物

耳生母錯愕良久曰毛義奉檄雖足娛親然遠客他鄉老懷奚慰與其椎牛而祭何如雞豚以養汝其馳書燕京使彼效潘岳閒居而稍盡子職毋遺吾憂也况焦麥兩甕寒菜一畦亦足餬口何必坐青氈食鱔蛙耶碧筠笑曰男子志在四方蓬弧有願是又安足怪者强爲握管修函慰藉並示以母意使早自裁決焉奈生自文塲敗北以來埋頭螢案幾致忘餐僅知味蔗之甘不識倚門之苦惟寄語碧筠代侍晨昏容圖報稱耳略謂硯共芸窗情逾手足弟得姊則內顧無憂母得姊則菽水亦歡母之視姊與弟無異弟之視姊更有何分云云碧筠得書喜不自勝如飛將軍自天上來愁雲慘霧一旦豁破私念老嫗之言髣髴在耳而疇昔花陰話別伊人何處從此蓬山果萬重耶徵諸事實阮郎固早具慧眼別有懷抱特不願以言辭顯耳果三生有幸如願以償拚將一腔熱血灑向萱幃亦復何惜遂欣欣然藏諸枕篋而出嫣然欲笑睇眄流光有瀟洒出塵之概而紗縠縹繚金華之舄隨風搖曳與鬢影釵光相輝映南威見之亦當解顏也生母立沉香亭畔見美人珊珊而來喜形眉睫料必獲得

佳音故爾舉趾之間迥異平昔因佯作不知狀碧筠亦不遽告持輕羅繡帕與鶼婢撲蝶花叢爲意甚得生母歎曰草無忘憂之意花有長樂之心豈紅葉已得平章耶心焉疑之俄而碧筠笑語之曰頃得賢弟竹報恐鳥飛未倦歸期未有期也生母不悅欲促之返碧筠殷勤勸慰謂奔弛之驥日馳千里驟止之則病約之以漸爲宜況鵬摶雲表志在干霄更不當阻其前程生母愛子心切不忍相強用其言放任之閱年餘鴿奴通使稱某公欲移西席作東牀以其女公子妻之雖嚴辭拒絕而落花無意流水有情如蠶絲蛛網嘗纏繞其身覺天地雖寬竟無所措其手足焉碧筠得報如喪考妣寢食難安縫紝而忘其刀尺調羹而遺其鹽梅習爲故常生母冷眼偸覷度事果不諧碧筠殆矣立倩之作書以齊大非偶爲辭並謂別有嘉耦締盟已久果不告而娶當以不孝論斯言也雖獲碧筠之心然憤懣不平手顫筆弱其黑如鴉其曲如蚓與平居楷書大相剌謬昔則骨肉停勻今則蒼老遒勁不平之氣躍然紙上薛箋雖十易其狀無由改也生母哀而憐之曰鼠鬚筆禿銀臺燭暗苟不便書者待

來朝可耳碧筠唯唯否否巧爲彌縫以終其事而王生眷念碧筠本有除却巫山不是雲之意及覽其蝌蚪書憤怒形於楮墨心酸目盲不知爲淚爲血悲傷良久立倩人爲之辭婚誓不締秦晉之盟某公怒曰孺子何迂豈謂齊大非偶耶姑置之可生以爲桃源路斷不至再入迷津詎料臘盡春回草發聯科大魁天下竟在王孫某公素重虛榮豈肯舍袒腹佳婿別謀際遇耶强開東閣延人作伐爲生行聘生屈於友言遂娶焉然恨海萬丈波濤發源於此矣生以富貴不歸故鄉如衣錦夜行且無以慰慈母之心因攜眷南旋焉又羞見碧筠面恐其觸景興悲自經溝壑既悔且怨而時促事迫又未能稟母以行益加慚悚及抵家生母不快於心蓋愛碧筠較生爲切以碧何以處筠才德兼優固不世出之女學士也與生嘖有煩言繼之以泣謂吾何以處碧筠何以報碧筠乎生亦惱傷不已然末如之何乃碧筠遇生和悅和初胸懷坦白無纖微雲翳於其間或討論篇章或縱情詩酒不減當年伴讀時也生妻素妒醋海波翻嘗以危言中傷之生不理繼以穢言汚衊之碧筠雖如光風霽月然西子

蒙不潔則人掩鼻過之碧筠又何堪受此磨折者遂落髮爲尼抱璞以終所著有懺情集若干卷行於世其自序有云愛情者情也非欲也物有欲而無情故物云云噫多情如碧筠者可謂知眞情者矣述之爲誤用其情者告

李令

李某清阜甯令也不知何名亦不詳其里居宣統庚戌歲來官斯土時年六十有三精神矍鑠鶴髮童顏如三十許人足健於行日必便服出遊行曲巷一周久之署左近頑童姣娃莫不識李間有譃李者李笑頷之亦不以爲忤甚至皂隸小人求李一盼以爲榮幸因薦其子女使拜焉時都人士或美爲狂士或譏其卑汚初不知醉翁之意不在酒也李素有登徒癖小星三五列屋而居桃葉桃根衾裯迭抱詎意老當益壯猶未饜其慾壑署後有某姓女芳齡二八美秀而文一日李見女於門際與婢偶話蛾黛彎長瓠犀微露神爲之奪目注已久佯爲問道逕至女前婢要遮曰我家小姑從不與人通一言何以老頭兒強來絮聒李怡然不動聲色以問道對婢嫣然

曰翁果不識路耶此縣署後也李忽促未及答女在門內低聲曰老壽星若眞是迷路可令向西北去毋與絮絮婢以帕掩口亦戲之曰翁由來處來還由去處去李唯唯遂西北行婢與女明知爲李李亦明知給己欲令女歡故從之聞女在門前吃吃笑不止婢亦聲爲之縱李大喜越三四日李復遇女伴墮詩箋以挑之書一絕於上云相逢我欲喚眞眞心裏懷春亦夙因最是低聲伴指點却來牆角暗窺人婢拾去袖與女讀之女珍如拱璧翌日李如法又贈詩一首句云綠樹斜陽傍晚天玉容重見舊因緣掩將綵帕羞痕薄退入雕簷媚態姸小別連朝應有怨遐思竟夕可無眠何時方是團圞節幸得燈前一比肩女見李又遺一箋急俯首拾之去頗有得色李回睨之曰可矣不數日女果遺婢來持賀章一首有云目無餘子荷垂青矍鑠從來享大齡傲骨却宜孤鶴伴豪吟曾動睡龍聽身遊宦海忘軒冕詩紹倉山擅性靈倘得追隨供硯役稱觴多拜老人星李得詩喜不自禁持番餅十枚贈婢婢笑曰操盂酒而祝篝車何所持狹而所欲奢哉特恐齊髡竊笑於後耳辭不受纔增至百圓始

懷之去自是署後大開方便之門公餘之暇輒留晃焉或備山肴與女對酌或花間聯句月下論文執經問難頗有儒雅風李有詞云閒庭花欲謝正怨綠愁紅憑誰慰藉簾底支頤嘗亭亭春影翻然來也促坐繙書問雜事秘辛眞假老小無猜兩字相思幾回偸話却倚闌干紅亞看紫燕雙棲雨沾雲惹說到他年恐寒梅開早海棠難嫁願作鮫綃搵界粉淚痕鉛瀉晷短情長轉瞬斜陽西挂奈桃源雖好終非久戀之鄉未幾醜聲四播女家恨入骨髓初猶憚其威勢不敢擅拘繼則羞無可含辱無可忍遂聚集多人矚李又至捆將官裏去鳴鼓三通請令升堂究辦須知繫鈴人卽是解鈴人一時化身無術安得有李令第二出爲之裁判耶衙役等覷之均手足無措李亦羞憤萬狀求死不得後經某紳調停將李收質始寢其事某女於是夕飲藥死邑人有詩嘲之曰二八佳人七九郎蕭蕭白髮對紅妝杖藜扶入銷金帳滿樹梨花壓海棠以詼諧之筆記情韻之事佳話也

啞生

啞生劉姓邗溝人有癖性好靜居寡言笑不慣與世俗相酬酢恆閉戶潛修終年不出親友有晉謁者僅起立一鞠躬不發一語旋事其所事棄來者而不顧間有血性男兒見之則一笑相近亦不接一談以故鄉里尊長憤其倨傲也名之曰啞生啞生聞其名喜甚因是僞啞者眞啞矣起居飮食喚侍兒以鈴作手勢以指揮之與生而啞者無異平居坐擁書城手執一卷日與古人相晤對不復知有家常事猶好讀新聞紙每閱至政府暴戾及外交失敗處則憤憤不平怒形於色遂時沉思其事至深入時嘗環行室中嚙指微笑似有神經病者一聞室外履聲卽正色危坐雙鎖愁眉深苦其煩擾久之厭世益甚視人如魔驅之唯恐不速苟有犯啞生座者則驚避無狀若將浼焉大有伯夷狷介之風偶爾閒步街衢見五都市上光怪陸離貧苦者乞憐道左悽慘異常富有者肥馬輕裘傲睨一切啞生遇之慨其貧富不均也始而憤繼而泣終則狂笑不已一時五中紊亂七情俱發皆熱血沸騰所致在啞生固不自知其爲憤爲泣爲笑也及至人叢中覩聚談者或作驕矜之態而議論風生旁若無

人或作憂鬱之狀而蹙額不安滿眼荊棘又或作驚駭狀嬉笑狀怒罵狀及苦口甘言作誘騙狀形形色色怪怪奇奇觀其面測其心非有所思即有所求非倉皇不定即怔忡不安而心平氣和坦然無所營謀者百無一二啞生當此如窺畫景如觀影戲樂不可支覺牀態變幻層出不窮尤令人可泣可歌故啞生亦時愁時苦時怒時笑一一外界果相感應其出也行不數武輒佇立道旁如癡如愚諦視不倦甚至忘食廢寢竟夜不歸歸則昏睡數日不醒一日遇鬭毆者於途見甲擊破乙額血流被面懼禍遁去而啞生呼捕不能招捕不及去之不忍因脫其襲衣裹乙首乙暈良久不蘇適警兵至疑啞生爲兇犯拘之去問官訊啞生啞生頻以手示意謂兇犯遁去己則救護人也問者不解恨甚欲鞭之啞生不驚亦不懼唯含笑而已問者益怒啞生益笑問者疑其病狂釋之去啞生笑愈甚問官見啞生笑亦爲之解頤於是觀者見啞生笑問官問官笑啞生復哄然一大笑各笑其所笑而不知啞生之爲啞生也啞生生平無摯友與虞西吳顚最善顚好動嘗畏影狂奔某日與啞生遇顚正玩弄

肆上物不知啞生立其後回視之見啞生疑爲影駭甚啞生固識其爲顚也握其手顚益驚曳啞生狂奔啞生瞠乎其後狼狽不堪咿啞愈急顚奔愈甚及抵顚家經人阻之始知爲啞生因與啞生對飲竟夕而散自是啞生與顚往來益密時同讀於一室讀時舉手指畫似討論者其咿唔之聲則達於戶外或哭或笑終日無常態也時人以兩怪物稱後啞生不知所終題一絕於壁云庸庸舉世盡酣眠喚醒庸人仗杜鵑我道血空啼夜半不如結舌效寒蟬

鐵冷曰啞生非眞啞吳顚非眞顚皆憤世者流而托於啞與顚耳處今之世蒙藏獨立即瓜分之肇端政客頻更卽分崩之現象吾國民猶恒歌酣舞共樂昇平呼喚之則不醒號叫之則不應幾何而不啞且顚也吾不爲啞與顚惜而爲吾國民哭

徐丐

徐福昌上海人年十歲失怙恃家貧無自給流爲丐丐中之强有力者多欺之乞得

殘羹或青蚨竊奪之去終日沿門托鉢不能餬口以故不慣與羣丐伍夜無所歸但號泣於天主堂前徬徨不忍去法教士某哀憐之收養爲僮徐固世徒也命之讀瑱瑱上口性頗穎悟不數年法文亦通曉教士愛之甚未幾返國携徐去入法之中學修業數年普通知識已具根柢中法戰事起教士携之入軍隊隨孤拔寇中國利徐以謀我也法自前淸光緒九年陷安南東京爲劉永福所敗明年遣孤拔來援陷北甯窺我南疆徐居軍幕中効犬馬之勞爲虎作倀自忘其祖國後孤拔率兵艦寇台灣掠我藩籬知福州防禦綦嚴不可深入也徐不之察鰓鰓然請曰福州軍隊艦小兵懦長驅直入不足敵也孤拔頷之徐退去笑問教士曰徐華人也信任之保無意外乎教士曰子誠法人耳徐家世爲教友且依吾爲生者庸何傷翌日徐又謂孤拔曰台民强暴罔知畏死不若內部人馴良多矣馬首東瞻恐將不利於將軍孤拔深然其言將轉舵西駛先鋒已報失利急鼓輪向福州行窺我馬江福州水雷艇數十防堵海口不懈使我軍大整旗鼓列陣而攻勝負未可料也乃孤拔以望遠鏡窺我

軍乘其未備發礮先擊我軍亂不及整師倉皇出輕浮三翼方看金翅之飛高建五牙已失桅檣之用蓋法軍礮彈粉至已洞穿我鐵甲逐漸下沉徐又乘機鑿孤拔曰必盡殲之毋留水虎於中沚貽他日憂又連發數礮而我軍僅存一艘矣兵力愈單兵心愈怯見紅燈赤艦之煇煌青雀黃龍之奇偉早震懾莫敢動漂泊中流行將入水府有軍官一躍出曰我軍還擊固死不還擊亦死何可束手待斃耶強令發一彈適中孤拔腰際立仆衆見主將被創停戰徐仍促之還射我軍遂全沒徐撫孤拔屍哀悼良久爲誦聖經祈禱不輟如喪考妣然後奉孤拔遺骸歸法法之陸軍部厚報以數千金而返營廬舍置產業終老於滬濱今其子弟猶津津道其功烈云

鐵冷曰徐丐非我國人耶助法圖我法之忠臣我之叛民也迄今海軍不振追源禍始不能不痛恨於中法之戰喪我元氣也徐雖小醜不與軍事大計然俔俔伈伈靦顏獻媚數典而忘其祖豈信教有自由愛國亦可自由耶吾述徐丐吾願滬濱教民依洋行公司爲生活者稍存一分愛國心

譚紹洸

譚紹洸爲太平天國之名臣積功至王而殉難於蘇城者也譚本名嗣英少年無賴早喪父母鮮兄弟落魄不得志習技擊善超躍遇有不平事則攘臂與爭一日與之徒遨遊街市適有一衙役毆打二老翁酷甚旁者咸嘖嘖焉代爲不平然惕於役勢不敢出首紹洸憤甚捽役髮痛毆之幾死既而審知其事爲追逋者衆畏禍皆鳥獸散獨紹洸慨然曰余之痛擊衙役所以懲其橫暴也今事發而逃是欲嫁禍於老翁紹洸不忍爲也縣吏知其學卽衙遣幹役協拿而紹洸已自首矣當時縣吏惟知結好上官剝削小民差役之如虎如狼因爲其所心許否則將何以示威於民而遂其囊括之計乎故紹洸雖歷數差役之凶惡老翁之憤苦言愈切而官愈怒遂定以監禁罪既而洪秀全提兵數千席捲各州縣天下震動紹洸遂破獄出然貧困益甚時翼王石達開方駐兵桂林紹洸擬往投效苦無資斧遂沿路竊貲而去既至桂林思無術以自表見終不得大用訪悉翼王有名駒愛護倍至廐在團墻重垣之內如能

獲得以獻則王奇吾技而稱吾誠必穫見用既而翼王果連日購失馬不得紹洸以獻翼王見其果敢剛勇叱咤不可一世遂委領百人紹洸出奇制勝屢戰有功時東王府失巨資得主名懸購嗣英急蓋紹洸尚未更名邏者疑之而不敢捕也一日東王移文來咨詢翼王召紹洸至以其事委紹洸蓋非欲命紹洸以捕役也將藉此以覘紹洸之舉止耳紹洸果免冠謝且叩首請罪謂初至桂林時乏資因出此下策所竊不一姓今冒犯東王願出資償之翼王大笑遂銷案因易嗣英名爲紹洸焉饒勇善戰與清將程學啓齊名雖或遇敗而督隊井井不稍亂故清軍久圍蘇城不能克後爲郜王雲官所買割首以獻而蘇城陷聞者痛之

祁守麐

祁守麐寶應人性豪放善滑稽當滿清科舉時以章詞名冠一郡尤以乞丐賦爲最傳誦洛陽紙爲之貴與本邑季愈友善俗以二猴稱謂其狂絕不羈恒戲謔人也祁有急才吐詞韶秀思想敏銳勝季多多出口成章悉饒逸趣某日季染疾西逝祁未

之知有友謂之曰季某死矣祁應聲曰雖然歸地府還怕鬧天宮某問曰汝何不輓渠一聯祁曰頃間吾已輓之矣某百思不解久之始恍然悟知前所言者卽輓句耳

又某家新喪家主邀祁作輓章祁迫於命急無所得聞主婦哭之慟且曰了不得不得了祁隨依語直書不得了了不得六字某愕然祁亦愕然既續書四字曰了也不得某曰上聯可矣其如下聯何忽鄰家老嫗勸慰主婦曰哭怎麼怎麼哭祁又書之至末復續曰哭又怎麼既成某鼓掌稱善益折其才其信意落筆胸無成竹類如斯

某歲春偕二三知己散步至附郭村塾中見塾師將開學衣冠整肅南面而坐與東翁絮語委蛇傲然自得而頑童三五亦隱隱笑人似訝生客之怪誕者祁覩其狀掩口葫蘆忽入而題其壁曰占得朝南椅一張粧成體態坐中央身穿藍布袍兒綠頭戴紅纓帽子黃斜插手巾三尺短橫含煙袋一枝長閒來笑對東翁說絕頂總明是令郎書畢擲筆狂笑而去塾師驚駭萬狀莫名其意後請他人讀之始知其譃已也祁之才思於此可見一斑噫飛卿八叉韻就子建七步成章祁殆不少讓歟

鐵冷白詩仙品也一着痕跡便非仙品昔人以太白之詩譬之顚素之草書子美之詩譬之魯公之草書而以六朝暨唐初諸家比諸眞書謂其以皮色蒼厚格度端凝爲貴而鄙之也祁之詩詞賦對具天縱之才信手拈來自妙成語雖不足望李杜項背勝近代有滯濁氣者多矣

鐵冷叢談卷五

寶應劉鐵冷著

騙騙

鐵沙李生震其名鄉里之俊秀也性聰穎有幹略鄰里中事無大小悉以質生必得生同意始行生娶同里鄭氏爲室氏名娟娟美姿容肌白於雪腰綿於柳玉手牽衣金蓮着地娉娉嫋嫋弱不禁風倘敎月下相逢定疑嫦娥下降乃才子佳人造物多忌甫歌窈窕之章旋抱采薪之疾情方濃如春意人已瘦比黃花雖蛾眉懶畫雲鬢蓬鬆然玉骨珊珊愈增秀麗生愛若掌上珠見玉容憔悴憂形於色徧延名醫診視終無效繼且咳嗽漸劇氣管發炎喘若吳牛而玉山幾頹矣忽有人過其居作毛遂薦欲包醫娟娟病生適他出家人喜不自勝視若神醫薄扁鵲不如也其人衣藍布衫碩大無朋背負一竹箱以袱包之左手執煙筒右手執鐵環環中空有珠一搖之丁丁然響鄉人僉曰此施藥醫也醫所搖物人多不識其名其環稱爲虎撑昔孫思

遯爲虎取口中橫骨用以撐虎口者於今踵門就診因以爲號蓋孫氏遺風耳業此多贛人目不識丁何有於醫理僅恃草根樹皮魚牙蜂房謀升斗於口舌間而已醫見娟娟患病已久身輕似燕謂此癆症也血枯氣衰正不敵邪宜食人參蛤蚧婦女娓娓稱是奉若神明醫又謂不速治將無救聞者驚曰鄉間安得此物醫曰余籠中有參鬚兩餘可將去曰藥金幾何曰二圓可家人急出錢取去視爲寶丹珍逾拱璧煎而進諸娟娟娟亦怦然喜曰虎口餘生果延一線當厚報以旌其功飲甫畢生歸問何物曰參湯問何來曰購諸施藥醫生聞之怒曰何物幺麼竟以藥騙人視生命如兒戲耶問醫去幾時曰刻餘生反身出追之時夕陽西下倦鳥休巢已雙棲綠林中矣生追至半里許見醫安步當車攜壺酒及嘉殽緩緩歸生猛拍其肩曰汝用假藥毒死吾妻奈何醫瞠目不能對半晌曰君誤矣吾藥何至毒人生大怒曰人已死猶强辯耶力曳其髮將飽以老拳醫曰藥乃蘆鬚耳竟毒人耶生批其頰曰蘆鬚值二圓否醫不能答生怒不休醫乃跪而哀懇願還錢求免生不許經村人力勸生

始收錢去臨行指醫面曰無睛蠢奴不識鐵沙李某耶醫聞言不敢仰視垂頭而去生急返視其妻已小愈生益喜後娟娟屢食蘆根竟占勿藥而瘥嗚呼醫以藥騙人人以死騙醫騙固奇騙騙尤奇可謂天道好還矣

黑市

金陵王生賈人子少倜儻磊落有大志義士也滿清時父販賣爲業權子母盡錙銖利市三倍不數年家號素封營廬舍置田產富比陶朱鄰里驚異莫名其所自來有問於生者生欷歔不言面紅耳熱喟然歎曰乘人之難博己之利君子不爲客曰子何憤悶爲畢其辭以釋羣疑可乎生曰城南去此十餘里有黑市焉市爲聽鼓客家物拍賣場月落參橫烏啼雞唱開市期也東方既白旭日初紅閉市期也過此以往或牽蘿補屋門設常關或甕牖繩樞不堪入目他人又何從知之者市之中光怪陸離木頭竹屑至貴至賤無不充陳客奇之請生導往一觀於是披星戴月黎明而起生引與俱去至則天明市中已闔門高臥夾道環堵蕭然頹垣敗瓦中時聞老樹瑟

縮作響與犬聲三兩相唱答曉風淒淒又砭人肌骨觸景興懷直令人淚下矮屋門前公館紅箋且片片作白蝴蝶漫舞天空幾疑清明節近紙錠灰飛矣乘輿而往敗興而返悵何如之翌日生與客復往遙見燭光照耀燦若晨星品物雜陳販夫雲集紛如也少近諦視之牀几輿蓋累積如山市夥曰此某藩某臬之供帳身既死而其子孫不能有也朝服朝冠翎頂輝煌羅列一室市夥曰此某府縣欠僕役債金死而歸諸人也再進則珠寶玩物爲一櫥便衣及裝飾品爲一櫥燦如雲錦目爲之炫或曰待價而沽備爲運動費也或曰饔飧不給售爲柴米資也其他破碎零星不可枚舉蓋破靴黨之最落魄者所拍賣耳客曰峨冠博帶白晝驕人者亦有此日耶生曰君僅見貨物場尚未知秘密窟耳盍進而窮其極歟客曰唯隨生別入一廳陳設雅潔芬芳撲鼻有脂粉隊蜂擁而來笑曰阮郎亦知有桃源耶握手曳裾曉曉不置生拂袖去有追蹤行者有垂涕道者有謔語調笑而諂媚者乃婢子行未得受主令迫於舊主人命博纏頭金爲生活計也穿曲徑又至一室則丰姿嫵媚衣服麗都一女

公子者倚欄而待久矣秋波一瞬兩頰微紅笑問客從何來頗饒大家風範生與客於焉小憩香茗一甌澆不透胸中塊壘又假胡琴彈板一譜覓寞聊以消憂片時間女公子雲情雨意倍極綢繆然生與客如遊地獄如遇夜叉悲慘萬分感愧交集淚珠幾欲脫眶出矣急振衣返出一門軒昂宏敞駟馬高車不難容也客愕然驚曰此非公館耶胡擅入他人室耶生止之曰毋多言觀止矣黑市之黑暗有如是者子亦可恍然悟矣凡市中物價值十得其二無不樂售故業此者獲利數倍如探囊取物然乘人之難博己之利豈君子所當爲耶生性慷慨時擇其貧者散財發粟周人之急故黑市中人多感生之義焉嗚呼悖入者亦悖而出天理所宜然彼衣冠禽獸白晝行刼者盍鑒諸

汝南生

汝南生佚其姓氏血性兒染於習俗舉止佻達喜狎妓飲酒妻梁氏婉戒之不聽妻善拳術少林女弟子美而賢枯坐深閨蛾眉常鎖急思宏造寶筏普渡迷津卒無成

生則徵逐花叢沉湎不醒日讀揚州畫舫錄妝樓記手不釋卷羨煙花澤藪鶯燕樓臺廿四橋頭簫聲月色幾欲發狂嘗語人曰吾能與纏腰客作跨鶴遊畢生願償郎當歛足不復涉紅塵一步有友往蕪城經商生偕行焉時秦樓中翹楚厥名二子二子爲秦郵產年纔瓜破貌等花嫣嬌小娉婷一時無兩昔揚龍友品李香君爲香扇墜使俟生當日一見二子恐不願爲媚香樓顚倒夢魂矣生一見如故垂青眼訂白頭有藏嬌終老意屏間眉語席上目成憐我憐卿兩情倍篤一夕生招挹翠巢主人菱香閣外史小飲於蓉芳旅邸酒闌燈灺送客留髡方解羅襦驀一梁上君子腰插柳葉刀從窗隙入生固膽小如鼷者至此蜷縮若刺蝟不敢出一言二子則抖戰於鴛鴦被底賊見其荏弱勢將狎侮之忽又躍然起曰是何爲者與其向敗柳殘花尋苦樂趣何如掠得數千金俾牀頭黃臉婆子心花一放遂捲席所有聳身一躍杳不知其所之賊既去生與二子驚魂稍定重整衾裯而曙色已開不能復訪巫山神女矣晨起裝未竟有素識二子之客聞警而至慰以善言二子則效劇中打麵缸事匿

生牀下淚痕滿面而前曰冗的不苦煞人也麼哥經再三勸語始止須臾某去生愀然思恍然悟謂頃間與我歡樂者二子與客垂涕而道者亦二子喜戚無常肺肝如見一掬淚兩旁皮特酬應時假面耳匿我者非私我也媚人也以奇男子而爲彼掌上物恥孰甚且賤如盜賊尙嫌其汚辱不若蠢婦之忠貞我何人斯乃盜賊之不如恥又孰甚遂翻然改悔誓不再作娼家犬逕拂袖去比至家愛妻逾恒曲巷之遊從此絕跡氏奇之問何前倨而後恭生語以顚末氏狂笑不已生詰其故曰疇昔之盜爾金慰爾友皆我也生聞言愧悔交集乃免冠謝罪與氏偕老焉嗚呼世有賢德如氏者可謂巾幗英雄矣

季榜眼

吾邑有季兪者滿淸之榜眼也性狂放不羈慣作諧謔事尤嗜酒曾醉臥縣橋竟夕不歸是橋大且高可乘涼解熱每至暑夜則人恆櫛比相傳季兪醉臥于此城隍避而行事雖不經然季之放誕已可概見後偕友遊松崗卒以戲謔致某女命文士戒

輕說可宗也松崗去城北里許每逢踏青佳節人多扶老攜幼放紙鳶於其上或飲酒猜拳席地而坐亦習俗相沿之盛事也季是日歸最後見二女歇於坡下鬢光釵影粉白脂紅與夕照草茵相輝映不覺神爲之奪幾疑嫦娥下謫塵寰矣潛窺久之始知金蓮狹小不堪遠足方脫紅繡之鞋剝纖纖玉筍也友笑謂季曰子能爲竊履客歟曰能曰果爾當以幾壺春釀一席珍饈爲博季然其言旋自背側以柳枝鉤之去遊女切切笑語初不知學子弄人惡作劇一至於此迨季等從他道遁而前此嘻嘻者已嚶嚶啜泣矣一時舉步維艱徒對牛山而隕涕無顏旋返莫釋李下之嫌疑痛何如之而金烏西下又催歸甚急二女益窘少者曰吾當先歸速爾姑來也長者急止之曰有何面目見姑耶少者不顧狂奔去及姑至女已委身溝壑作泉下人翌日哄傳其事卒無疑及季者季遂秘而不宣幸脫法網後赴學政任沉舟烏江口季死之而邑人同時死者亦數十人遂恨季而發其隱今之俗語謂榜眼上任坑死人萬千蓋以爲因果之證明其累及無辜之意云

鐵冷曰才子戲謔亦常事耳若以漠不相識之人實行極誕妄之事而損害人之生命非才子實浪子也都人士不以無道德責之而藉因果以警來者誤矣

乘鷹客

何生振武成都人家於星宿山麓黃葉村好獵日負鳥槍携餱糧游三峽間或月一返或年一返家居無定時生平酷嗜探奇凡崇山峻嶺可以攀登者足跡無不到履巉巖拒虎豹尋常事也生有獵犬二大者名阿虎力能搏獸小者名克敏司探險寢食與生俱生相依爲命愛若掌上珠焉一日竚立山腰瞥見一鳥回翔雲表舉鎗射擊之三發傷其翼墮入谷中趨視之則鷹也翅如車輪血涔涔自左翮下勢若紅雨鷹怒目哀鳴似呼救者更前將舉手搏之倏見右翼下伏有一人已暈去幸未損及肢體亟負人牽鷹入一樵夫家醫治半日始蘇其人履芒鞋戴方冠衣布衣袖大可惹春風饒有古致懷革囊一滿貯食物及兵器餘無長物生疑爲俠客者流問其來歷某操官音曰吾黨無姓氏無派別無貴賤無親疏悉列數以爲號吾乃一千二百

五十號也自大明鼎革吾祖挈眷跨鷹來此絕境已二十代矣生問尊居安在某指其西偏最峻險處示之曰此間層巒聳翠高出重霄雖猛獸毒蛇不能入上有平原數十里種植畜牧足以供給日用人各自食其力男有餘粟女有餘布則以給同黨之廢疾餓者以生活平等爲度不知爭競爲何事也今齒生日繁計擴張其殖民地探得興安嶺之高峯土地肥饒礦產亦富惜多爲虎狼所盤踞吾將手刃之以居吾同黨焉語時出其劍示人曰吾持此適往北方去不圖爲飛彈所阻吾鷹何如幸毋置之死地待創愈吾行矣生曰鷹負傷重恐有性命虞其人即出藥使生敷之生如言以手撫鷹頗馴狎後村中聞有此人咸來探望好事者疑爲山盜欲報諸官某曰官何爲吾不知何者爲官更不知官爲何物毋多事自取不利也無何鷹愈某將行忽又見巨鷹回翔空際因口作嘯聲喚鷹下跨之去而傷鷹尾其後臨行使生跨鷹從之生不敢某遂沖霄而去後不復見云

鐵冷曰某胸懷磊落隱抱大同主義足爲世俗針砭其仙耶其道耶其荆聶之流

耶。吾慕其誠。吾想其樂。吾安得桃源以避秦。

朱巡撫

滿清道光時。有朱某佚其名。隸某權貴門下。得巡撫陝西。巧佞冠時。初爲主簿。時娶某紳女爲妻。美而艷。嬝娜彬雅。有西子風。先是朱一官匏繫。宦囊蕭條。既受印。徧謁縉紳。逢迎倍至。懼削職也耳。某紳有富名。卑辭厚幣。事之尤謹。一日爲某紳壽。見紳女丰姿娬媚。祝嘏堂上。艷其色。欲娶之。越日開筵宴紳。示以意。紳微笑曰。孺子尚可惟家非素封耳。勉許之。朱聞言大喜。擇吉納采。意甚得。合卺之日。匳具燦爛。途爲之塞。至夕則鼓吹闐咽。玉佩叮噹。似望中仙人。忽同衾幄。遂疑廣寒宮殿。未必在雲霄矣。既鼓琴瑟伉儷。倍篤閱數年。朱不安於職。思得終南捷徑。爲加官進爵計。晉省謁大吏。適臬司有女甥。方擇配。朱怦然心動。然此身已有嘉耦。停妻再娶。國法不容。且允才和諧有素。而蛾眉又不肯讓人。焉朱千百思量。賄臬幕爲之請。並竭力揄揚之。謂朱英明磊落。才貝不羈。家本多金。數逾千萬。東牀得此佳壻也。臬司不遽允。朱復路老媪通款曲於女公子且曰貌勝潘郎富比石崇此不可多得之人才也女公子似有動容老媪會其意約朱會某寺及期朱衣服麗都掃徑以待須臾一女公子風姿娟秀珊珊而來翠襪紫綃風鬟雲鬢媚曼風流眞無倫比甫入座柳眼四顧若驚異然忽兩頰微頳又若羞愧然朱散步庭前似溜覽楹聯者實則耽耽對視秋波已不轉矣兩方煞費矜持而低垂之丁字簾猶躍躍然似爲物波動也兩情旣愜洽老媪力爲撮合山卒訂白首盟以歸媪又陽爲朱標榜於臬司前久之臬司有允意朱陰賊險狠乃出狡計冀嫁禍於妻以自脫前此温柔鄉雲情雨意至此渙然冰釋稱岳母病危使妻歸寧陰與僕千金送之密謂之曰東西南北任所之惟必出陝境無爲吾累朱妻固有色僕喜出望外遂載之以奔朱因揚言妻從僕逃浼友爲媒終娶某臬女甥爲繼室云

遺民

阮尙賢字鼎南越南之遺民本宦家子當嗣德末年與范尙志來華乞師於清者即

其父也世居河內能文工詩名噪一時性慷慨有大志生平以復仇爲己任游歷五洲徧訪亡人接道義交藉圖大舉跋山涉水憔悴風塵未嘗一日懈癸丑夏六月來游我國寄居燕都嘗出所著南枝集以示人越法之戰對於李鴻章之力主和議頗有怨辭並以我國赴援之兵十餘萬衆死傷殆盡置若罔聞指爲東亞之奇辱其詩有云豈知秦檜和金計難遂包胥復楚心石馬園陵秋草冷銅駝宮闕夕陽沉感喟蒼凉瑯瑯可誦又辛亥秋旅晉感懷有句云椎秦已破千金產佐宋難灑半部書又曰十年未遂殲仇志猶自吹簫學子胥則國亡家破落寞窮途概可想見又著桑海淚談一書傳於世其間與韓人閔氏問答語一字一淚令人歎惋先是將軍衛正候阮說力主戰爭及京城陷後扶君他竄法人追之不及掘其祖墓燒與骨而颺其灰有協督潘廷逢窮蹙後卒於山寨法人亦掘其尸而焚之又北圻協統阮述者嘗與義師拒法於某縣失敗後法欲捕阮訊諸里正不吐殺之又縛十六齡童問焉童亦不語刺其面血流被踵乃厲聲曰賊徒無良協統盡心於國吾恨不能執鞭從之反

助若輩爲虐耶法人怒以布纏其身澆煤油以燒之乙酉國破君亡兵則殺之於壽鶴之原婦女則溺之於布衛之橋泅者槍斃歷三月布江之水盡赤矣殺戮既慘租稅尤苛田分三等始則推升等級繼則加增田畝其不能完納者則使悍卒監收除供帳外縲紲其父老炮烙其子弟尋常事耳又人丁至十八歲則有身稅三元漏稅罰尤酷有品秩者歲十五元謂之助國其他居城市者有游行稅歲二元若鄉人入城逾三日不納稅者即論罰畜狗一頭歲亦一元牛則歲二元謂之保畜費貧人賣菜於市菜之値不足納稅多傾其菜而去者昔有貧家鬻一豕於市不得善價牽之返明日復往凡三次而一豕之價皆以納稅彼貧家所得者往返及爭論之勞耳釀酒本爲法人所禁其私釀者酒一壺罰銀三四百元貧不能納則責其親屬及鄉里爲之代償於是越人相率戒酒不飲後法又按籍給酒每人月三大瓶索資頗鉅不飲者稅照納不容稍緩食鹽亦然先禁私煑私賣次雜以沙土售諸民間今則越人求鹽之難過於求米矣有法兵屯住於越者攘他人熟田據爲已有羣莫敢辨或失

一雞一犬悉爲守令所賠償其毒焰爲何如耶廣南民苦重歛環公使署求免軍隊驅之溺死三人衆乃載其尸置公使署前麻衣哀臨公使出叱曰汝等欲造反耶民曰手無寸鐵何能爲亂遂以實對公使曰汝輩窮犯不能完國課不如死之爲愈乃下令斃之殺數百人流血成渠衆始散近來法築北圻鐵道通我雲南開山採石亦均越人嵐瘴太重死者無算尙賢謂蜿蜒萬山首三宣而尾六詔者白人呼之爲鐵路吾人呼之爲血路則亡國奴之沉痛呼天不應籲地不語之末路慘何如之又聞吾友某游歷滇越當由滇入越誤藏燐火一盒至越境爲法警偵知罰金五元謂越人日用品盡爲法產他國貨物概不得售於市卽越南土產交易出彼入此課稅亦極嚴重而法之出售品價値當較他國昂百倍有幾又聞越人祈禱於佛寺或禳災或邀福所過地有游行稅所携物用以祀神者如雞或肉亦須課以稅金某曾見人於拜禱後棄一雞於地而去問其故曰攜此雞返當納稅而此雞之値不抵稅金之多故寧棄雞不願納稅某又曰何不食之以果其腹曰吾家男女凡十餘人不及五

稔慘亡將盡或以徭役死或以疾病死或以殺戮死骨肉凋零不堪回首今所存者一老母耳即此老母猶堪自慰乃老母又將就木矣煢煢此身尙忍甘此美味乎語已拭淚逕去觀於此益信阮之血淚談非虛誣矣噫今日者南北戰爭袁張肆毒吾蘇人之家破矣蹂躪婦孺收括金錢其慘痛固不減於越南所差幸者多數人之生命尙苟延殘喘耳吾不知來日亡國之大難尙得親身嘗試也否嗚呼悲哉

阿大

湘鄉俞某年弱冠身修八尺有餘面龐而黝手如蕉葉目不識丁以故知俞者恒謔之一日有友戲謂之曰余久欲爲君作伐特無嘉偶與君爲敵體耳今得女名阿大者眞堪爲君匹矣俞聞之大喜置美酒嘉餚以享之友大嚼而去俞强留之口吻中似欲探阿大之身世者友大悟因告之曰阿大者誠良好姻緣惟恐君無此金屋以藏嬌耳俞曰是何傷友又曰君果有心試敬聽余言毋躁一日有輪船游弋於海洋突遇颶風船甚顚簸不及停泊俄四顧昏黯莫辨東西舵工大恐正皇惑間遙見燈

光隱約急鼓輪前駛則番船三五盪漾中流近詢之知均誤入魚腹矣羣皆束手無策坐以待斃時船主子旁立年方七齡頗謂衆曰吾等至此雖已身入死地豈可坐以待斃我有一計或可倖免衆叩之曰我聞吞舟之魚不果其腹其吻不合今此魚連吞數舟而吾船入曾無窒礙想腹尙未果故大張其吻以待後至者耳乘此將各舟檣桅取下接長撑拄其口使不得閉衆乃倒輪出駛當可脫險惟事須急圖否則其吻一合立葬魚腹矣從之果無恙至末後一艘將至口忽有大鳥下啄魚飛去盤翔空際旋不見時阿大適出遊見園花盛開鮮艷可愛摘其一簪諸首俄聞頭上有聲鳴鳴異之取下見花瓣上微有黑點聲自其中出以顯微鏡窺之鳥矢也撥去之內有一船舟中人尙在飲酒作樂若不知身之葬於魚腹者喚舟子問之乃知此船未及出魚之口爲鳥所吞幸鐵甲未克消化隨矢而下耳君觀此魚此鳥此花則阿大之爲阿大可知矣君果有此金屋以藏嬌乎僉聞至此知某友乃戲言而美酒嘉餚果某腹已不可復出矣

胡生

胡生羲卿衛輝諸生也家小康筆耕半生青氈坐破脩不滿百歲以爲常辛亥春館某紳家得百二十金喜甚授公子課下氣怡聲卑以自牧友朋無其謙暇時手時務通策一卷高談雄辯判列是非自命爲識時俊傑生徒嘗嗤以鼻胡不自知閒閱報章侈談時事辭意極新皆他人牙慧某紳心折奉若神明以爲古今淹博殆不是過日與胡煑茗清談或作葉子戲以破寂寥久之延爲入幕賓眷屬隔屏笑語不甚迴避胡睨視之雲髻垂肩蠻靴著地有聲橐橐步不生蓮瞬息間撲朔迷離不能遽辨訝甚翌日問諸奚童童告以故始知其爲時裝而步履穩健柳腰裊娜則所謂天足也私心自喜曰除卻脂粉生面別開風度端凝殊非凡品竊心焉慕之而有則傚之思未幾白打灰飛清明節屆胡假歸掃墓使半老徐娘捐粉黛放金蓮眼架玳瑁鏡效時女裝束妻不從謂胡曰吾老矣不慣效顰汝愛之汝自效之胡大怒曰滿肚皮不合時宜吾爲汝羞愧死矣力促其行妻曰人各有志無能相強名門巨室不乏賢

媛藏以金屋寵以專房悉唯命遂辭不當夕營菟裘以終老胡恚甚謀復娶無當意
者秋八月袖百金在淇縣某鄉作納寵計既至投某媼家日看三五處或以貌醜或
以價昂所讓多不合索覼資亦不與媼忿甚曰不得一囊錢休想藏阿嬌還擁黃臉
婆子嘯傲蓬門可也胡亦怒曰十斛明珠不難得其如無碧玉何媼聆言疑胡爲富
而吝者不忍遽卻復謝罪欣欣然請其式胡以女學士對媼頷之復問其值曰百金
媼譁笑曰酸秀才想吃天鵝肉耶速去休毋再來纏擾破卻吾好工夫也胡無奈悵
然出不數武有客來言一寒士願鬻其女導往觀之挽蝴蝶髻躡織花履衣衫雅潔
翩翩然不櫛進士也胡見之意頗愜問其價僅百金大喜客復欲有所言而囁嚅者
再胡急問之客曰窮措大愛名甚須以花轎迎娶胡應允之不作難色遂定議屆期
以肩輿迎至舟中綵球燦爛紅燭高燒頗極一時之盛須臾女家遣鄰嫗來扶女出
登牀拱手端坐紅帕障首粉面低垂一絕世麗姝也胡以鄰嫗伴坐牀沿不能遽前
揭帕第見脩短合度嬌艷可人私心竊喜旋以事出犒輿夫於船首既畢鄰嫗亦輿

辭去胡信步至牀前見新嫁娘端坐如故疑其羞愧或故意矜持者以手微撼之不稍動復撫其肩與之耳語亦不應遽揭其帕嗅其頰則一木偶人也胡駭詫不可具狀皓齒明眸雖極端麗然以百金購之殊不値正欲追媒媼理論而婦孺數十蜂擁而來譁譟不已且曰此吾紫竹菴大士像環而祈福者遠近百里不下千戶何得刦吾女菩薩舟載以去耶或暗鎖其舟或欲繫其人胡倉猝無以禦惱恨欲死俄一老者至喝婦孺退去曰吾當爲爾等解其紛毋嘵嘵也胡見老者揖而訴以見紿之狀老者曰姑恕汝他鄉客受人之愚速出二十金爲香燭費吾命衆舁佛去唯佛既登岸汝當具衣冠禮佛以贖前愆能如吾言事諧矣胡唯唯老者復對衆宣言衆猶作勉强狀胡益懼急出錢付老者老者厲聲斥衆人曰汝等不吾信吾喚數人擡將去汝其奈我何衆聞言猶期期以爲不可迫老者上岸衆亦讙笑而散胡始知老者爲其黨羽也踉蹌歸里念資斧大喪妾仍未得抑鬱成疾臥牀者凡數月鄰人勸其妻歸爲之看護勤且勞焉病愈遂伉儷如初

鐵冷曰不出戶庭龐然自大所聞所見一得自矜乃老師宿儒之通病豈獨一胡生哉胡生醉心時尚由羨慕而倣傚而狂熱而受騙家庭社會所如輒阻皆識見淺陋妄自矜大階之厲也今之一知半解而自詡識時者可作如是觀

綺雲

錢塘王綺雲者大家女父太守某官於洛年届知非膝下猶虛女生慧秀可人愛若掌上珠課之讀琅琅上口寮屬交譽之咸以不櫛進士相期許及長工詩善書煙霏霧結不讓右軍俊逸清新無慚鮑庾遠近耳其名竊曰何物老奴生此女學士既羨且忌時某守兩鬢堆霜病魔相擾幾無寧日掛冠去不五稔饔飧莫給坐牛衣中與家人對泣聲達戶外聞者皆歎惋綺雲弱小嬌憨如故不識何爲貧貧又何以可病而某守輾轉牀第冀獲一佳婿委之以終其身眷念頗切奈女雖聰穎艱於遇仕宦之家無與締秦晉盟者守歿家況蕭條益無聊賴綺雲本庶出其母爲小家碧玉丰姿妖冶罔識禮義衣藻茹草恒有怨言見綺雲娉婷可愛聊以自慰嘗私念曰有此

錢樹子貧未足憂也某守初喪不敢唐突遽以非禮相迫人靜更深每嚶嚶啜泣撫其肩而問曰汝父愛汝甚今死無以葬汝何以報綺雲嗚咽不能應母意所在處之茫然繼與隣嫗謀鬻入青樓學爲歌妓綺雲亦不自知隣嫗忽邀往其家笑語之曰若父死母無以養所賴惟汝今慶汝得主膏粱文繡任汝取求他日高車駟馬當非吳下阿蒙毋假惺惺作書癡自貽伊戚綺雲猝聆嫗言詫愕殊甚羞澀未遽辨肩輿至强之去自是無瑕之璧下墮溷濁遂與糞土同臭矣時綺雲年甫及笄貌頗姣好靨輔承顴明眸善睞脫令毛嬙遇之當障袂而過旣富於文名又得曲師教以管絃風雅罕儔趨者若鶩撫琴而歌應徵中商行雲爲遏餘音繞梁一闋未終紅綃無算主人見而喜曰如此才技不患公子王孫不入彀中矣因居爲奇貨築精舍三椽藏此阿嬌春浪翻鵝螺鬟聳翠橫塘小住風景絕佳人面桃花相映俱紅益增嫵媚綺雲聲價自高非文學之士求一被其容接難於登天入幕賓多詞客騷人月下論文花間聯句兢兢然有儒雅風焉有知州文甫者正黃旗人容儀俊秀衣服麗都翩翩

一美少年琵琶門巷燕趙艷姬品評殆徧勾欄中人無不識文某者文娶彰衛懷道明保妹爲室軀幹魁梧類莽丈夫歛頤折頰涕唾流沫髮禿齒黃臭惡不可嚮邇嫫姆無其陋也文家無長物依明保爲生以故伉儷頗篤曲意逢迎酷似有季常癖者非漁其色利其權耳其妻日往道署文追隨恐後莫敢或輟乘其暇晷則潛往綺雲處與談風月蓋故交也文爲人性敏善書畫尤長於琴曾學於邗江陶公爲技甚善手揮目送變幻無窮悽悽明月吹惻惻廣陵散冷冷颯颯聽者無不淚下綺雲酷愛之呼爲琴師文亦以鍾期相許稱知音焉風雨晦明往來無虛日一縷情絲重重束縛誓海盟山旋訂白頭之約並謀脫籍將儲以金屋寵以專房綺雲曰當今浮蕩少年薄倖者十居其九想郎君高義必不至始愛終棄作秋扇之捐也文曰糟糠之妻不可下堂惟有側室三間留以屈卿耳因爲道細君賢良之狀綺雲首肯者再端甫歸謀諸婦婦支頤微哂曰癡漢無厭亦想吃天鵝肉耶握其手作媚狀婉却之文曰甚矣之子迂也多蓄一婢爲守閨闥焉足奇哉婦支吾不能對文知有允意挾萬金

往迫綺雲脫籍攜婦畏文威勢不敢較其値惟嘵嘵請益而已綺雲歸於文迎納之日其妻修飾備至娥眉淡掃冠履一新似將與綺雲一鬭艷幟者綺雲秀溢眉宇風致天然不煩點綴楚楚動人而大婦調硃傅粉如坊糞土之牆益形其陋綺雲私語文曰獅威不足畏夜叉國女菩薩面貌猙獰爲最可懼耳文曰然汝善事之毋作詬誶聲觸道恚怒誤吾前程可也綺雲唯唯執婢子禮事大婦唯謹坐云則坐食云則食不敢自肆大婦妬其色憤已之終遜綺雲一籌也思有以毀之卒無術然嚙之刺骨時凌虐之文背其婦怨言百出惟不敢見於辭色嘗於中宵彈暗淚以慰綺雲之心亦云苦矣然迫於權勢不可抵禦事之益恭會明保褫職去洛監視既疏寵亦漸衰然綺雲處境較前雖寬而權傾勢弱杯水車薪不敷揮霍亦大可慮事幸繼其任者爲雷某雷亦蒙古族文既巧笑干媚固寵梯榮明保又以賢能見推爲之標榜故優差厚祿悉仍其舊文又使其妻認雷爲義父朝夕過從契闊譚讌情逾骨肉文亦乘勢聘辭漂說炫耀於雷道之前風馳電激四座爲驚雷頗器重之公餘休假則與

綺雲拂茵而坐撥弦而歌熏風一曲解慍寫憂陽春白雪流水高山各極其妙間且使太眞捧硯問臨摩詰之畫或自爲呵筆倩題詠絮之詩美人名士風韻不殊偶聞繡鞋聲知大婦至則攝收其視線中千萬情絲愁眉深鎖若鸚鵡在前不敢通一語者然文乃笑而迎之相敬如賓視明保未去時魚水之情過無不及卽綺雲之執箕帚抱衾裯亦極勤勉時則端甫親調鉛華持翠鈿使綺雲爲大婦梳洗履以遠遊之文履被以霧綃之輕裾大婦樂甚以爲西施再世不是過矣不知東施效顰實增其醜文與綺雲非媚之直諂之耳自是大婦與綺雲日益親密醋海波濤大殺其勢綺雲時於綺窗棐几前演說稗乘消遣塵慮意頗相得及雷去任文之權勢寖衰家道中落衣輕乘肥鐘鳴鼎食不稍節省經濟日絀綺雲之雌威亦日益膨脹蓋逆料大婦家山迢遞保障無人故欺凌之居常役使大婦賤若婢媼衣以短褐食以粗糲垢面蓬頭下儕於臧獲從事操作苦不自勝婦怪而異之語諸傭曰奇哉妾也何前恭而後倨諸傭笑曰富貴則親戚畏懼貧賤則父母不子人情冷暖類如是耳婦慨歎

久之始使然泣曰夫之媚我者愚我也欲有知前此愛河水漲高可過顙非水之性乃激之求於我也妾之媚我者謔我也憤悶不平既慚且怨抑鬱成疾逾月而卒綺雲躬操家政專劇而夥苦之徊憶飛觴醉月恣意狂歌響徹雲霄使巴童心耻燕姬色沮之雄風不可復得心頗怏怏偶見琴軸絃弛硯匣塵封百感交集把玩移時不忍釋手文笑曰琴書無恙卿亦欲重整旗鼓乎綺雲曰郎君清興若何妾覺天地雖寬不啻牢籠轉不如疇昔之閒放文睨之以目曰謝女不歸夜郎自大職主中饋義洽齊眉不較愈於小心事上明修棧道暗渡陳倉時乎綺雲曰拘枯如泥塑生意盡矣燕入風簾雙棲玳瑁之梁烏足奇者文大笑而去綺雲意終不懌時僕婦有一女名醉桃年方二八長髮曼鬋朱唇皓齒修短合度與綺雲相伯仲而青春方盛如綻蕊之梅紅葩初吐比綺雲則長姊與弱妹耳年齡沖幼頭角嶄露別有奇香異彩超出羣芳然梅妃明秀婕妤温柔各有專長豈容偏廢文艷之曰玉梅花下白藕香中遇彩霞一段令人眞個消魂也綺雲笑頷之感其意愛之重之結爲良伴頗愜忽謀

弛其負擔委其家政於僕婦已則優游物外將與醉桃放浪形骸復從事於酣歌恆舞之場懼僕婦不忠於己乃以至陰狠之手段搆陷其女使墮於蜘網不能自拔因親爲薰沐敎以彈唱以愛醉桃博僕婦歡情懷繾綣名分俱忘姊妹行不啻也醉桃性慧技亦不俗撫遍七絃徘徊顧慕擁鬱抑按盤桓毓養從容祕玩直令萬木澄幽爲白尤善彈別鳳離鸞之曲音韻悽愴如猿吟鵑啼不忍聞也文嘗謂醉桃曰絃端江月露泣柱上霜悽大有暮氣毋多彈醉桃茫然不解綺雲戲語文曰君眞知音者曲譜求凰使醉桃與吾兩人鼎立何如文曰稚子柔婉脉脈含情與卿誠無獨有偶然吾不忍使卿誦白頭吟也綺雲曰是區區者庸何傷文堅不允許綺雲偵知其意乃諷醉桃曰吾妹才調高古郞君心折久矣倘願侍巾櫛永伴文人與吾同牢而食豈不甚善醉桃曰小人未嫻翰墨他日香奩中不克供捧硯役奈何綺雲手拍其肩曰汝備弟子禮奉余爲師燈前月下授汝以關雎之什何如醉桃拈巾不答微頳其頰而去自此以往閨中風暖陌上草薰衣羅繻曳繡履踏靑陌上撲蝶花間二人攜

手同行步亦步趨亦趨見者僉曰天生尤物眇眇媞媞果誰家眷屬蟾宮遼遠嫦娥豈亦有下嫁時耶多以姊妹花疑之不知其異苔同岑也僕婦知醉桃與綺雲相徵逐必不利於女防範綦嚴間且戒醉桃曰李下瓜田整冠納履防於未防禮也小子識之醉桃唯唯否否駟馬既逝言已忘心及情好愈摯行蹤愈祕僕婦監察愈嚴嘗泣謂醉桃曰羅敷自有主齊大非耦毋中計墮入比房婈嬙之列辱我門第也奈一齊衆楚終難效出水芙渠入污泥而不染焉葵藿心傾太陽是向鵲橋夜渡銀河不波或爲一點丹忱所感格或爲萬丈情網所籠罩積之以漸濡之已深非立談間所能間阻僕婦恨醉桃之無知畏端甫之威勢囁嚅不能遽言惟以實命不猶自怨自艾綺雲乃出以和悅之色用其柔腕之聲低語僕婦曰人孰無情誰能遣比汝苟早爲之所於事未必無濟盲然不察坐失機宜覆水難收悔恨何及吾爲汝計使主人以三百金畀汝爲養老資爾女與吾列屋而居則爾母若子有團欒之樂無別離之苦而兩全其美何如僕婦俯首沉思無辭以對既而曰天下豈少良女子何獨沾沾

於是頓足三歎而退醉桃既歸於文與綺雲食同席寢同牀情如膠漆分無爾我室中無交讁聲惟聞嬉笑而已惜月圓則缺器滿則損檀郎命薄不能永享此艷福及寒暑初更葛裘將易二豎爲災精神越渫百病已叢生矣綺雲與醉桃親侍湯藥延醫療治勤勞殊甚鴉鬢蓬鬆無暇整理睡眼朦朧不及安枕終日以淚洗面若不勝惱守者然二人嘗語文曰余等生而同室死當同穴寧從郎君於地下不願效孤鸞而獨生文觸其意若斷若續首謂醉桃曰負汝青春多矣而今而後別營安巢毋爲我傷語至此氣竭身顫不能成聲良久又顧綺雲曰愛卿可守則守之不可則去之綺雲怫然不悅泣而讓之曰郎君視余寧肯朝秦暮楚作負心人乎請勿復生別念縱骨化形銷此恨綿綿終無窮極文似解其言又目注綺雲面久之綺雲情不自禁與醉桃撫文大哭聲猶未絕文已魂歸天衢奄然大漸逝川無待黃金難化噩耗傳至道署道員某曾受前任委託善視端甫因遺幕友李襄理喪葬並厚贈以賻金焉李生倜儻不羣丰姿清秀子都雙欒不相上下綺雲羽衣翩翩共玉顏而一色蹀躞

於靈櫬之前亦如帶雨梨花凌波仙子時與李生相接談不知者見之靡不以玉鸞鸞相況綺雲婉孌多情尤隱隱以色自炫有神仙眷屬舍我其誰之概謂李生曰妾等閉却掃孤惸窮居外無負郭之田內無三尺之孤淒涼苦席影隻形單脫非大憲周恤門長官襄助妾等幾無所措手足矣感戴鴻恩愧無以報倘有所指使當効犬馬之勞圖報於萬一也李漫應之臨去綺雲秋波微轉似無限悽愴於俄頃間已隨流水而東逝李生默喻其意淡定處之意固別有在也綺雲不察殷勤款待既周且隆飲食起居促僕婢侍候暮暮朝朝無一刻之懈李生安之若素清夜以思輒笑其愚綺雲仍自鳴得意以爲癡情人當不出吾股掌上矣曜靈易逝安厝有期龍輀未駕素旐已揚將遷靈以大行望佳城而遄往綺雲呼醉桃整飭內務爲奉櫬出郊之預備詎期芳蹤已杳早逐流鶯過牆去矣蓋醉桃蘭姿蕙質方如雛燕之出巢而綺雲困頓風塵早似徐娘之半老奸人成竹在胸未雨綢繆已非一日綺雲不自知也經此奇創窘甚念半生衣食所賴惟有服飾耳急檢閱箱籠管鑰甫啓又見空空如

洗所謂白玉搔頭黃金條脫及珍裘瓊弁等物盡不翼而飛化爲烏有益增忉怛愴皇間復覓醉桃之母亦去如黃鶴杳不知其所之綺雲乃大悟以爲母子捲逃一空不可任其逍遙法外也立遣雛婢延李生入商處置醉桃之法意將鳴官究辦焉未幾婢偕一老僕至驚駭萬狀吃吃向報曰長官昨夜束裝返署去館門已下鍵矣綺雲聆言如夢初醒距躍三百泣不能仰曰昊天不弔殲我良人破我良緣縱可偸生苟活處此枯寂之場煢煢孑立尙何生趣之可言遂展期殯葬上書當道詳述顚末請興問罪之師陽則報公仇陰則洩私憤而已然擘蠻箋展湘素思逞賦茗字寫簪花罔儼然一代掃眉才子某道接讀花箋羨慕深之第以事關名譽不便揭破黑幕置若罔聞綺雲忽幡然悔悟知事涉道憲已函語多諷刺因畏罪而脅遁念前此琴韻悠揚霓裳曲奏嬋娟鬭艷風雅宜人一剎那間雲消雨散未識鸞孤之苦已抱人遠之嗟噫慘矣翌晨老僕祭覺稟諸官官陰使幹僕爲運靈櫬返京以瘦其事綺雲醉桃均不知所終云

鐵冷曰使綺雲嫁一中產之家隔紗授業書荻傳書亦一賢母也胡爲鬻爲歌妓胡爲鬻爲小星又胡爲流爲逋客使端甫不納綺雲彈琴而治單父獻圖而救流民亦一賢宰也何從而天其年何從而破其家更何從而辱其門楣然端甫心險而狠明雷未去則媚妻以博一官明雷既去則虐妻而使之死可謂忍矣使不遇綺雲則閫內之言不聞於外而端甫之惡不彰使不遇醉桃則舍舊從新安然歡笑而綺雲之報不顯悠悠蒼天爲彰善癉惡計既有綺雲又遇一醉桃既有醉桃又來一李生戲弄端甫何至於斯極耶殆非懲一端甫而懲千百端甫歟

烈婦

烈婦劉氏天津人家於大沽田家嘴幼許字鄭氏子翁鄭起家貧操舟爲業氏夫八齡股生疽十年不愈創口盈寸膿液川流終年不息夏秋間腐氣逼人不可嚮邇蠅蚊麕集成市病者輾轉牀褥手足拘攣既不能執麈以驅又不能掬水以浴形容枯槁與鬼爲鄰鄭知不起致意婦家請改嫁氏父母許之語氏氏曰許嫁而死猶當守

之末死乎病廢命也烏得他議宜令速娶女當侍疾家人力勸不可卒歸鄭鄭氏子性乖戾稍拂意卽撻之氏不較情意纏綿殷殷以看護爲任侍湯敷藥洗濯掃除況以潔以淸廻非昔比病者貌雖淸癯然滋養良佳得以苟延殘喘溫存於牀第間者凡十年氏相敬如賓始終一致不怨不尤無倦無悔癡情一片可以格天尤知善事舅姑戚黨中多稱其孝無何夫死氏哀悼逾恒雉經被覺者屢時輪船暢行民船不利夫家益窘舅姑已別立嗣因諷氏再醮氏泣不從舅姑感其誠姑留之氏終日勤勞縫紉炊爨葺屋汲水舅姑悉以養婦氏口不言苦食粗糲雜糟糠亦甘之如飴而周身布縷則以針黹澣濯自給飯糗茹草若將終身服旣闋姑使歸省陰囑其父母勸之嫁謂夫家貧乏無可守理且小家何拘拘於是者氏不應迫之切始泣曰女歸時豈不知夫病廢且瀕死者未死女旣爲未亡人今改志何若初不歸生爲鄭家婦死爲鄭家鬼請從此逝女不復來矣遽返其舅竟爲之議婚迎有期始告之曰我夫婦老而貧汝又無嗣我等百歲後汝將焉託服未闋吾不汝奪嘉汝志也今已爲汝

擇得安樂所元宵後來迎汝汝其勿執拗以自誤氏不言亦無慍色舅姑喜甚不疑有他變及期氏沐浴更衣談笑自若未幾六禮俱備百兩盈門乘彩輿去既而婚家觥籌交錯衆賓騰歡頗極一時之盛及遣嫗扶新娘出俾堂前團拜合巹交杯詎料珠簾乍捲業已玉碎香消正襟端坐早跨鶴西遊見先夫於地下矣頓時滿座肅然歡聲未了哀聲動賀客纔臨弔客來蓋氏於乘輿前已仰藥待不死於夫家而死於中途特博聘金爲舅姑養老耳氏年三十二里人嘉其賢孝請於官旌其烈焉

鐵冷曰賢孝如劉氏人所難能然吾讀情史某節婦遺囑謂家門不幸設有少而寡者必速嫁毋守節婦非易事也吾韙其言蓋人非木石孰能無情即有如劉氏者能强持而堅守其逆情戕生殊非人道況下焉者乎吾述此慕其孝非其表節吾願爲父母者勿爲兒女早婚以其自由權且貽他日憂劉氏其明鑒也

處士

處士某不詳其姓氏及里居寄食寶應縣之烈士祠凡二十餘年祠之中堂懸漢陳

容臧洪遺像處士下榻於西偏耳室中性恬靜寡言笑好佛教寂滅之學簞瓢屢空處之晏如心廣體胖雖頭童齒豁年近古稀而矍鑠精神齦齦皓齒不啻三十許人時無冬夏破衣一襲寢具則敗絮破席外無長物夏亦不備蚊帳能軒臥如常時人空無所見潛窺之不得其故窗前置一棹一椅終日焚香默坐喃喃誦經別無所事足不出戶庭一步非鄰近人無知處士居者處士黎明卽起起必負竹籃執鐵鏟往城外一行其居地近北門故掌北門鎖鑰者日見其雞鳴而出日出而返知其事最詳一日守城者踵其後探其舉止每遇地有凹凸處或瓦礫狼籍或垃圾載道竊鏟除之使其砥平而清潔間遇破殘書畫必拾而置諸筐中負以歸歸則剪其似人形者貼壁上久之壁爲之滿人問之則曰佛也其遊行之目的則在泰山殿東北隅之荒郊中是地邱墓纍纍松柏成林風聲濤湧月影雲遮其鬱勃葱龍之象蓋可想見處士折其鮮美之枝日必盈筐見者初不知其作何用也詢祠中道士始知松乃處士餧糧初則日食三餐遞減至一盂最後則盡食松葉以生斷絕火食矣臭其肌膚

清香沁肺人奇而問之則曰爾等書癡焉知辟穀事固問之則笑而不言其恬淡有如此歲巳丑死於祠中屍身豐滿如常潤澤有光黴帶綠色無他異此余十二歲時所目覩者迄今未能明其理特述之以供博古家之研究云

按古有毛女食松不知饑寒之說又偓佺好食松實能飛行逐走馬然其說多荒唐不足信余質諸理科家謂松本富於松脂其實可潤腸且有清香市中所謂松子糖是也其葉能充飢與否則莫之知噫使松而果可食也彼哀鳴鴻雁又何至餬口無方而輾轉於道路哉此又予所不敢信者

費氏

費氏吳郡人韓少蓮妻也慧中而麗外精女紅嗜翰墨八歲時唐詩已成誦尤工四言對母教亦砉每於茶餘酒罷述古忠節事氏側耳傾聽恒眉飛色舞其性情嫻雅胸懷磊落多陶鑄於此及長長眉入鬢秀靨承顴翩翩一絕代佳人乃紅顏命薄磨折頻來先母徐生母李相繼棄養已又病魔時擾而玉容不覺消瘦矣繼隨伯兄養

疴京師二年友愛倍篤病亦漸瘳年二十四適韓生結褵於保定旅邸相得甚歡韓生屢蹶棘闈亦傷心人也然跌宕有奇氣不自貨功名氏于歸後杯盤笑語燈火生平聯句論文執經辯難極才子佳人奇樂事雖釵鳳鏡鸞鄭女有新妝之句香蘭醉草孫氏有白燭之詩以擬古人何足多讓方氏未歸生畜妾麟徵久侍萱幃矣氏遇妾和靄不稍詬誶戚黨多賢之完姻四閱月韓生竟一病不起費氏哭之痛悲傷欲死者屢以生骸骨未歸不果後奉姑命侄濟修爲嗣子己先領柩南旋臨行贈濟修以五經一部硯一方示傳授家學之至意也遂邀兄同行侍靈櫬返蘇抵家營葬於祖墓之旁葬畢潛自飲鴆死以身殉韓生焉其赴義之夕貽書姊妹姑嫜置枕函間累數百言書中表明素志料量後事密縷細針羌無遺罅叉手書絕命詩八律有云日薄西山晝巳昏感懷往事暗聲吞妾身既作君家婦朽骨終隨地下魂不肯偷生全素志羞言宴爾憶新婚運途多舛良由命勿復人前更細論慈幃失恃在髫齡遺訓當年耳記聽割股療親親不起徒躬禱佛佛無靈春暉罔極難言報寸草徒留祇

愧形若得此心通帝座願將福壽乞椿庭取道南來出保陽入門忍淚拜姑嫜初依膝下無多日甫侍堂前又促裝曾囑轔姨須養志更教螟子解愁腸雲山迢遞終非計默祝平安早抵鄉同胞手足本無多伯仲篪塤一室和京洛常聯棣萼句梁園更唱別離歌功名有願終須顯志節惟堅不受磨寄語椿庭年已邁莫教涕淚洒滂沱范陽一別太匆匆往事思量淚滿胸出岫雲偏分上下同源水亦各西東倘祈努力加餐飯勿爲微軀動怨恫此去幽明當異路尺書珍重寄秋風方期百載締良緣何意中途失所天恨妾生成眞薄命痛君何遽赴重泉明知夙分三生定還望書香一線延富貴榮華今已矣予生應不受人憐痛君兄弟客長安指望成名骨已寒濟急拚將衣飾典附程且把玉棺盤維持幸問同胞力跋涉休嗟行路難同穴知有期不遠歸骸聊盡寸心丹伯道無兒果可悲螟蛉有子亦何歧讀書還望簪纓繼示訓先將清白遺硯作良田宜保用經傳舊德謹操持粗粗了卻平生事一笑西歸甘茗飴

詞旨悱惻字跡亦極端莊歌以當哭令人不忍卒讀其志可哀其才太可憫也

鐵冷叢談卷六

寳應劉鐵冷著

潘素娥

豫章之華林山麓有潘榮者骨董販也袖數百金往來江皖垂三十年每至一府縣訪名門敗子往投焉古玩珍寶任所取論其值百不得一售者莫識眞贋且急於求沽不暇待價潘有所謀無不唾手得販往各商埠利甚厚子金百倍於母習爲故常間有誤認者則魚目混珠售諸富商家閨秀以償其值物無大小未嘗失利久之儲蓄甚富家可小康終歲勤勞幾無甯日治產業營廬舍由妻魯氏主之氏頗幹練擘畫不數年富甲鄉里無賴耳其名多艷之意圖行刼以氏操家謹不果踰年氏積勞成疾臥牀不起家政悉委諸女女名素娥年二八性敏好俠工技藝尤篤於天倫見潘憔悴風壁勸賦閑居挽駕至涕泣及氏病益鬱鬱不樂魚雁星馳促歸故里勢甚急謂母氏劬勞采薪抱痛父也遠出陟岵興嗟煢煢弱息將誰依乎爺無大兒女無

長兄黃金滿籯又誰遺乎日薄西山報劉苦短歡承菽水瞻望正殷其語摯其情深豪爽氣亦溢於言表可敬也未幾氏病殆潘未歸素娥乃焦思益切進湯藥任看護目不交睫者月餘氏卒痛不欲生終以父老膝下無人不願以己故重親憂因節哀理喪待潘旋返親侍起居以娛晚景閱旬餘潘自外至素娥膝前痛哭多自怨艾曰母氏沉疴半由疏忽烏能反哺女愧不如潘聞之亦感歎不置曰雞豚莫養椎牛而祭未爲晚也以是治喪頗豐鄰里多驚其富胥小尤覬覦之有稱其得夜光珠者有稱其懷連城璧者有稱其腰纏十萬貫跨鶴歸來者一時豪富之聲洋洋盈耳婦孺皆知某夜三更羣盜明火執杖破扉而入僕役惶遽喪魄戰慄不知所爲素娥急起嘿無聲息摸索室中得壓帳棒一鼠竄出匿身門側入者棒擊之應手仆凡六人繼至者見羣盜倒身臥流血滿地門爲之塞知有變或揭瓦自屋頂下視或毀窗或撞壁或破耳門入呼嘯聲震天地素娥知四面楚歌不容坐守拔關遽出舞棒動風又擊四五人仆地盜多駭愕亂奔者素娥不追他顧急向耳室去室蓋潘起居處至則

盜先在以白刃加潘頸以火炙潘胸蓋以訊藏金索珍寶也素娥見之情不自禁奮身入盜驚且忿刃潘數刀飛躍而去素娥不及窮追撫潘諦視之血肉模糊奄奄一息遺言嗚咽惟聞殺我者某盜而已言畢瞑目而逝素娥悲痛不勝頓足狂呼曰殺賊忘父是殺父者我非盜也隨引刀自刎老僕力止之曰父仇不共戴天棄仇不報人其謂爾何素娥恍然悟曰不能以刀殺賊徒作弱女子態幾何不負此刀耶遂拭淚含恨經理父喪一如其母時逾百日營地葬焉葬畢籌所以報之無其術謀諸老僕僕曰彼衆我寡鬭力非宜鬭智爲宜素娥曰智安在僕曰供使役耳素娥然其言飾爲窶人狀袖匕首去之某村乞某盜鄰嫗爲之介紹傭於某侯得當以報閱旬餘女主人頗鍾愛之盜則見女舉趾大方不類小家碧玉頻以目注視其面作沉思狀素娥懼敗露圖謀益急某夜盜適醉臥牀蓐夢頗酣素娥潛起手刃之血流滿牀賊婦不之知也急開門宵遁迨事覺去如黃鶴杳不知其所之矣素娥奔狂至墓所以刀祭其父旋亦自割其煩惱絲入某寺受戒爲尼以終其身潘所遺貲累萬金悉撥

爲公產而分其餘於僕役素娥不私有一錢云

鐵冷曰潘某貪劣無恥雖以是致富然寶藏誨盜卒以自殞其身所謂貪夫殉財者非歟而其女爲僕爲尼含垢忍辱以報父讎其孝其俠以巾幗而勝鬚眉誠所謂犂牛之子騂且角也

李明章

李生明章婁江人世居七寶鎭善拳藝門弟子凡百餘人前淸咸同間名噪一時往來江湖售技爲生者投足入蘇莫不踵門相謁敬禮有加某歲有火石商以賣火石爲業肩貨雲遊足跡所經者不下十餘省而各省州縣及其鄉村無不訪察一周覓知音也奈曲高和寡卒無敵手而商之骨格奇偉鬚眉雪白和靄可親溫溫然儒者相嘗笑語人曰靑山綠野踏破芒鞋不知幾千萬億察其口吻則閱歷風塵星霜幾易己不可屈指計當曉然矣一日售火石於七寶人之購之者價無多寡悉以手擘而與之或有請益者則束手置之不理人見龐然一石大如柱礎旣無斧鑿可劈又

無刀錐可劃多銜恨而去李生聞之怒其無禮欲往與爭論又恐不勝貽羞鄉里先私取階石捻之不能裂因噤不敢聲惟雜人叢中遙瞻道貌已耳頭垂氣喪嗒然而歸思所以抵禦之術遂逐日取瓦碎之練其指及腕之力繼則易瓦以磚易磚以石不三年而技成取石捏之立成虀粉欣然自喜曰火石商莫余敵矣然兩雄不容並立我不害彼彼必害我當早爲之所先彼一着也於是身懷舊簿書數册縛胸前後以防陰謀焉越年餘商復至該鎮售火石如故傲睨如故李生佯作買客往購屢請增添商始猶允之繼則呵斥之曰汝能劈之當悉以畀汝特恐余欲增加與汝而吾石吝不汝許耳語畢含笑他顧不復理李生事李亦怒曰何物老奴狂悖若此以余爲不能自取耶遂舉其石捏之分裂若瓦礫商既駭且忿曰小妮子敢乃公事毋自取辱亦識天下有黃石公耶生不應商拾石擊之中其胸以有備故不能入惟見生一閃其腰彈自肘腋橫飛而去生旋擊商商亦避之不中商還擊生以口嚙之亦還擊商知不敢返身前逸生追至數百步擊中商之腰際乃返商疾走避之行至九里

庵饗焉自是李生名益盛江湖中人從者益衆後數年有農家婦南匯人與其夫往七寶收買肥料誤泊楊家橋碼頭不知碼頭爲楊所私有又不知楊素强橫他舟無敢與抗者楊見婦停橈晚炊坦然自若且面目略帶英爽氣似不類常人者異之因邀黨羽五六人爲彼臂助將與之決一雌雄婦不察一無所備楊忽呼曰誰家船敢停此又指諸友曰速爲吾斷其纜放舟去余不耐此惡臭也諸人從之婦笑曰去則去耳何惡作劇斷吾纜爲非老娘膽大爲鼠輩所弄矣隨支其船往下游而行楊猶不甘縱之他去急追於岸上曰膽大者勿逃與咱一較手段何如諸人聞楊言遂蕩他舟逐之將傍婦船一躍而登勢將曳婦入水者婦猶笑曰鼠輩眞來討死耶一舉篙而人已隨篙之尖端而去居河之湄矣又一人上婦挑之如故早隨入水中逐波臣而西去迨第三四人同時猛撲農婦婦仍措置裕如或揮之以足或撥之以棒如掃落葉輕而易舉轉瞬間二人已自左右兩方下墜或在河之洲或在水之中矣楊忿不可遏遂約期決鬭以復威名婦亦許焉屆時農家婦搖舟至一聲款乃兩岸居

氏環觀如堵第見鴿首坐一老僧年可五十英氣凜凜望而知爲江湖客也楊亦延李生至與之對壘僧先發二鏢擊李生生承之以兩手又以一鏢擲之生嚙之以口僧觀至此知不易敵遂與生約服禮而罷婦憤僧之辱己而己之能力又不能勝李歸家後旋棄其夫浪跡風塵不知所終李晚年養氣保身亦不逞其技能若江湖者流年七十餘始卒噫武藝如生精練其術刻苦其心不矜才不使氣卒能自保其天年而沒固俠士中之難得者亦一世之英傑也豈彼逞血氣之勇者所可同年語哉

東洋村

道人周姓業農家秦郵林澤鎭性好佞佛朝夕焚香合掌禮拜喃喃誦經百八珠未嘗一刻離每逢佛之誕辰或勝會履芒鞋戴箬笠擔登而往勞瘁不辭五台普陀名山大寺足跡無不至發宏願散貲財隨在佈施多寡不等久之好清淨惡塵俗慵於耕作生計遂窘而迷信益深日求福於大士前不稍懈聞鄰邑寶應境內有東洋村可覘來生輪廻之狀欣然往村在寶邑東鄉濱白馬湖四週皆水汪洋一片波光如

匹練非舟不能達彼岸故以東洋名每歲上已善男信女泛棹來此絡繹不絕後至者停泊中流穿鄰舟登陸不可以數計遙見香烟繚繞楊柳依依環寺宇於隱約中微露紅樓一角矗立雲霄絕好春景也舟子頑童又逐徵於綠陰深處如蝴蝶之穿花眞可謂極樂世界矣道人至此棒香果入見十殿閻王及一切諸佛或攘臂裂眥或笑容可掬恍遊羅刹國無不誠敬將事如見大賓寺旁小園中鑿池一灣可通小舟清流湍激上橫板橋兩端作斜面勢中亘以平面板名曰奈河橋謂過此者死後即免此罰以故道人輩莫不衣青衫履方靴載紅纓帽作死後裝踏橋而過以符其說而老婦等衣紅棉襖首蒙青巾貌尤猙獰可佈五尺童子非習見此狀者多驚駭欲狂橋下乞兒蕩以小艇索買路錢雖饕人至此必擲錢二百道人輩不甚吝惜蓋生平孽障至此頓開而天良爲外界感觸不復作守錢虜矣過此以往有古井一淵深異常中有水汩汩澄清可以映物道人再拜伏井上俯視現來生狀初無所見良久隱隱見一跛驢起身去而頭已昏暈欲倒矣悶悶不樂默坐井側片刻自念化身

畜類既不能告人而數十年諷經茹素功效全無又無以對已能不慨然悲耶憤不欲生繼經同儕再三勸慰而去抵舟夕陽西下兎魄東升各晚膳畢將整衾就寢俾詰朝挂帆行矣道人忽欲上岸便溺匆匆去更魚再躍不見旋返衆訝甚覓之則道人已作井底蛙旋釣之起氣息俱無早登天國僧驚異曰彼頃間以來生事告吾吾方欲爲彼求神遽爾西逝耶迫令同人載其屍以去後道人家屬欲赴秦庭控僧僧懼允以七日經懺爲報事遂寢僧歸而塞其井來生輪廻之迷信始漸衰云

鐵冷曰井底幻影根於腦之幻想眼之幻像耶抑有光鏡以返照耶余雖不能窮其究竟然觀其愚民手段奇異若是亦云狡矣余不暇爲僧責爲道人惜余怪其名余思其狀鬼鬼祟祟斂人之財害人之命以博一己之利豈爲東洋島寫照耶噫異矣

樵家婦

樵夫王其姓萬福其名居寶應湖畔採樵爲業持家勤儉稱小康焉柴門臨水一葦

可杭籬落蕭疎村無尨吠王陶然自樂時或沽酒茅店荷笠帶斜曛以歸此中風景絕佳雖曰布衣足傲王侯王有子二少長俱敦厚綽有父風朝持斧出暮負柴歸兄弟怡怡壎篪韻叶汝南二應無以過之長娶妻魁梧奇偉井臼躬操淡如也然性强悍野蠻不可理喻次娶賣菜傭市儈也伶俐幹練小家翹楚既歸炊汲烹調悉以資女宴會慶弔一切用度亦措置咸宜翁姑喜甚女亦衣履清潔言語温和奉翁姑唯謹宜合家歡樂無憂詬誶矣詎意是婦多妒因夫譏其鹵莽而鰓鰓然誇娣之才能疑夫與娣有染終日諷刺以故姒娣交謫時聞於室久之娣以其誣己也仇之滋甚一日斫柴田間前釁頓起娣憤甚利刃割夫兄熱血涔涔下暈倒於地長婦泣馳報有司請驗舁至署暈已蘇惟痛楚耳檢驗吏檢之可無性命虞急延醫療治焉有司飭吏提次婦質訊婦謂寃無以雪特行此辣手耳有司知其富思借公以營私不即判謂須執鄰人而問之蓋欲授以意而妄言鄰皆鄉愚懾于官威不敢前求人代亦無有應者既而得冬烘一老儒願往老儒口利善辯峨冠博帶藍頂輝煌昂昂然司

道顏面至署長揖不拜有司疑之問汝隣耶曰然問汝何職曰無然則何爲御四品冠曰吾隣有捐道銜者借以壯觀耳有司怒曰隣人職銜何預汝事老儒急免冠伏罪問此案汝知其由否老儒昂首曰隣人職銜既無預我事隣人鬬毆又何預我事而問我有司詞窮無以應斥之去此案卒無以斷閱旬餘創漸愈家屬延紳爲之緩頰遂鞭兩婦各一百以儆此亡清光緒間事也有司爲福建陳翰屏云

鐵冷曰愚夫愚婦天性純樸不容一毫作僞故憤於心必踐於行其戇直處卽其率性處而豺狼官吏醉心物欲不容一事放過故延宕處卽其術詐處嗚呼以鬚眉男子不如一愚婦亦可哀矣

江夏令

前清末造鄂中江夏縣令某素有季常癖署中公事悉令妻主持妻可亦可妻否亦否莫之敢違令每審一案其妻必立屏後竊聽稍拂意卽按鈴退堂令聞鈴聲不待辭畢行矣恐濡滯將譴責也以故行賄賂倒是非事無重輕理無曲直苟得妻之一

諸價抵萬金妻固綽約多姿風流絕世燕居時眉笑目語顧盼留情署中有內戚王某素爲其妻所眷公私各務倚若長城旁觀者竊竊私議某令時有所聞祇以雄飛未慣蠖屈性成懾於雌威故亦復相安若素令妻既鍾情於王片時不見卽若芒針在背必遣人召王與談數語始快時縣城賭博風熾煙禁廢弛王索規費不得聳令製大架重六十五觔以罰逮捕者製成請令驗看適令妻閒步花廳廊下桃開架上映人面而俱紅柳舞亭前比小蠻而尤媚未免有情誰能遣此王見令妻在戲指枷謂之曰昔解學士見僧犯夜荷枷於市有小和尚累大和尚之嘲不知此枷誰實試之王言至此鬨然一笑令妻瓠犀微露半喜半嗔頻以目尼止之蓋令與其子均在廳上恐漏洩春光老羞成怒也故亂以他語相將至廳忽令妻興致勃發坐公案戲令其子站堂呼王爲囚並令跪案前訊問如煙犯王應答如流神情酷肖令妻拍案大呼居然鬚眉縣令判以枷荷枷王首封鎖畢令妻下坐問王輕重若何王答曰尚好鬨坐大笑令亦掩口葫蘆後釋去王笑語令妻曰勞夫人唇舌苦余頭顱矣令妻

目睨而笑一時漢江人士傳爲奇話云

許青衣

邗江許某亡清時一青衣娶妻秀而美風流倜儻不安於室許有煙霞癖橫陳一榻吐霧吞雲夢斷三更俾夜爲晝昏昏卒歲初不禁妻所爲若不知人間有羞恥事者久之潘岳閒居益無聊賴借胭脂虎易芙蓉膏頭戴綠巾司空見慣維彼小人亦何足怪時鹽棧吏胥某登徒子也思納美妾不得一日薄暮公餘閒步遙見隋柳陰中柴門半掩隱露一粉白黛綠者倚閭賣俏吏心蕩及過其門女以白巾掩口葫蘆一笑賣盡風流又故作迴避狀匆匆闔門入吏本有情人那禁得臨去秋波一瞬竟豔羨益摯徬徨不忍去詢之鄰右知爲許妻遂亟欲以金屋藏之乃挽某嫗往說願以青蚨百串易之以歸許居窘鄉久甘餌如飴立書券迫妻去吏得阿嬌如獲拱璧伉儷之歡綢繆之意有難以言語形容者未幾許所得貲已罄偶與同里訟師道其顛末訟師曰若既貧鬻妻名何賤售若此刻當棧尊履新之始以强佔民妻爲詞白諸

官使還若妻何如許聞言狂喜謂三生有幸果能珠還合浦使君福我良多風雨一檠淒紅慘綠孩提繞膝號寒啼饑此中風味言之心酸何堪久嘗者翌日許具稟攔棧尊輿棧尊略詰數語發保甲究辦吏倉皇失措急求當事者緩頰陰送愛妾還許事遂寢然吏自婦去後食不甘寢不寐除却巫山不是雲矣閱旬餘別倩人懇許願倍前値仍挾婦歸許不允泣語人曰大丈夫何患無妻小妮子終當有母此數月中見踵露肘垢面蓬頭實令人心痛余願脫黑籍謀饔飧無煩乃公憂矣又謀諸婦婦曰寧爲小家妻不爲大家妾悍婦雌威酸味飽嘗何堪再作井底蛙耶自此夫婦勤勞頓改前非卒以小康終其生而吏聞許言志決情堅益增惆怛至狂惑失志或徹夜悲歌或竟日枯坐積久遂成心疾瘋癲以死嗚呼鵲有巢而鳩佔其居雛未壯而捕殺其母天下最殘酷最悲慘事也人道固安在哉述此告天上人間千秋萬世之情癡如吏者

王會敖

王會敖黃巖人也少讀書不喜帖括屢困名塲怡然自得家貧無以給傭書於縣署以養生活歷五六年勤謹異常卷牘盈尺每遇是非顚倒處輒投筆三歎無何癲瘋病作日衣𧝓袍曳破履遊於市見彬雅之人至竊疾首蹙頞掉三寸舌來相勸勉謂國事日非鷹鸇虎視吾儕小民其爲魚肉矣語時佶屈聱牙嘵嘵不止涎流滿頰亦不知揩拭間爲侮弄之或戲謔之者氣極而喘涎痰上湧恒倒臥於地類羊癲瘋故識之者多不與語緘默去之而已後幻想愈遠神精愈亂妄稱華人將被人殲除伊實不忍目見並不願留自家妻女作他人刀頭鬼須先手刃妻女再圖自盡家中聞言防範綦嚴一日妻偶出汲王忽誘其七齡幼女至前手額其吭刀斷其喉女弱小不得脫三呼而斃王尙欲斫去其首經妻聞風入大喝始止然女已氣絕不可復活其妻見之狂跳大哭慘不成聲王毫不痛心付之一笑旋經鄰右扭送警局由局移縣胡令謂人既云瘋惟暫爲拘留而已居數旬相安若素不咆哮亦不悲憤時而切切私語仰天作狂笑因釋之出令禁閉於其家中不許他出其妻日餉以饔飧王見

之怒目裂眥。擲還其妻已三日不食矣。忽不安於室。破扉而出。逕向鄰家奪得廚刀。奔回殺妻。揚言帶歸大羅天上。妻聞聲驚避無蹤。王憤甚。遂引刀自劃其胸。計三處。各其尺許。旋以刀鈍不能深入。猛刎其頸。割斷右喉。血如雨注。立暈去。俄復活。仍喃喃自語。若不知其痛楚然。須臾又暈去。始不復蘇。時觀者如堵。莫不驚異。此滿清末庚戌年事也。

鐵冷曰。王生其眞瘋耶。何言之有道若斯也。其故瘋耶。何殘忍滅倫若是也。吾觀其行。吾歎其愚。吾聽其言。吾服其智。斯人也而有斯疾也。其受最慘酷之刺激。仰鬱牢騷而成此疾耶。不然。何喪心病狂若是耶。吾聞其語。吾見其人矣。

蔣定成

烈士蔣定成。婁江人。余久耳其名。未能熟稔其行。詢之。乃弟秉成。性慷慨。有豪俠風。亦當世奇男子也。畧知其端倪。烈士客申江時。嘗膺教席。教育兒童。循循然。無怒色。校中經費或不支。烈士獨其薪之所得。以資助焉。或更不足。則且出其所有之私產。

以資助焉其急公好義類如此然對人言則未嘗自道其一二蓋又有不伐之功也去歲鄂省起義烈士陰有所規劃擬建旗滬上遙爲應援卒以欵絀不果既而諸志士發憤爲雄滬城光復時鄂軍岌岌烈士慨然曰豪傑建功當先其所難後其所易今滬上已光復松江老營不足慮所患者特鄂勢之危急耳萬一鄂軍有失北軍分兵南下則大事去矣因倡言於衆謂凡熱心共和飲恨專制者當兵至鄂省以捍大難嗚呼人之恆情富貴唾手可得則趨之恐緩獨生死出入之際則首鼠兩端烈士之赴難蹈險一以大局爲心衡之當世實有數之人物耳時烈士家族恐烈士或他往防護備至夫各國每遇從軍則父囑其子妻戒其夫兄祝其弟祈戰死爲榮而吾國風俗乃與此大異烈士之至鄂省不知其經幾許盤曲紆折而始達戰地也一日烈士言欲歸松外祖伴之至半途而逸而烈士祈戰死之願達矣烈士既至鄂省投入決死隊陽夏之戰歿於陣時烈士之母在家念烈士苦令烈士之弟通信鄂省以調查之則謂陽夏之戰死者無數而尤以決死隊中人爲多孤魂雄鬼寧能一一調

查之。嗟乎。戰事已矣。而烈士身後之榮。未見卹典。彼反對共和之徒。轉擁勳位以去。民國賞賜之不均。其何以慰烈士地下之靈乎。

舟中人

癸丑九月上浣。余由清鎮小輪。沿運河南下。途遇杭人傅某。年可五十。性嗜酒。跣足袒裼。面帶春色。見余至。款接頗周。如舊相識。促余就對榻坐。余方欲整理臥具。傅猝語余曰。非君至。余憤悶塡胸。將無發洩處矣。塊壘磊然。殊非杯中物所能消除也。余詫甚。念彼何唐突若此。殆有醉意歟。漫應之。傅踞榻坐。捧烟筒一。乃欣然謂余曰。適從何來。此間安樂窩。幾生修到。余見彼言無倫次。疑之。不贊一辭。有頃。叩其身世。曰。余浙人也。自宿遷窰灣鎮。棄釐捐差。逃難至此者。余乘煤船。蜷伏艙底。目不能見天日。身不能離枕簟。蠖屈凡四晝夜。始抵清河。及一肩行李。半壺春釀。舍舟而登陸。長嘯一聲。生如再世。舒折米之腰。伸瘦鶴之膝。樂可知矣。洎乎鼓輪飛駛。瞬息百里。又不啻黃鵠冲天。逍遙淩雲矣。然余雖脫身虎口。回憶窰灣居民。吾淚珠盈睫。不忍復述語時嗚咽不成聲吸咽數筒繼又作嚴厲之色怫然怒曰彈雨槍林慘無人道雖余馬齒較長數逾大衍實未之前聞余疑指北軍而言使低聲述之傳曰否土匪耳少憩余當道其詳藉洩余憤焉隨取窰灣名釀高粱酒數升牛蹄一隻席坐而飲正容謂余曰余去秋至宿作幕下之賓素知宿邑純樸凡盛服錦衾屏棄之束諸高閣久矣入其境觀彼居民室無牀榻心焉疑之及問諸耆老始得其詳彼謂以高粱之莖編席鋪地而臥者卽小康之家若有柳床布帳卽號稱豪富矣又居室中有高大椅案者極鮮通常備一低小之杌卽可據之酣飲傲睨一切又家備小橙三五如遲上補衣婆所用者然卽足以款接上客矣蓋是邑俗多鄙野人多懶惰每衣一新製之衣自舊至破不見有濯澣之者風塵垢膩厚如染漆汗臭逼人不可嚮邇直獸類耳彼男若女終日盤地而坐抱膝而談一似隨在皆牀第隨在皆椅橙又何用此器具爲宿之風土民情大率類此所謂土匪者則居民也渠魁六人黨羽凡三千餘散則爲民聚則爲寇悉聽首領號令無敢或違民間有出保險費以收穫膏粱或其他

出產物者渠魁則限以時間保其財產或有誤搶者則檢所有以還之若某村或集非經保險者今日將前往刧掠則以快槍隊及砲隊爲先鋒次則手大刀或田具再次則車輛馬匹最後則徒手之乞丐而已被刧者始亦開槍抵禦繼則土圍破裂强者棄械而逃老者飲刃而死婦女則被擄爲妻妾及傭婢無一免者孩提之童則貫以繩索如聯珠然以五子鋼槍擊斃之或又擇其肥腯者臠而食焉所有財產什物無貴賤無大小微至片木隻箸莫不載以牛車或人力車而去迨抵其巢穴則以兵器之有無及利鈍爲率分給贓物各有等差其徒手往者所得之價格爲最低至被刧者之廬舍本不動產也彼亦取其門窗而焚其梁棟故一經刧掠後其村落卽化爲焦土矣八月中旬有某家土圍其被刧爲尤慘某姓宿之鉅族也家有土圍周可一里如營壘然四面均有砲台中置快炮焉槍械亦夥攻掠頗不易以故親戚故舊寄居此圍以防危險者不可勝數某日土匪圍攻某堡兩方轟擊聲振天地鏖戰歷三小時匪死三十餘人而土圍失陷矣既陷後縛某主人而剝其皮食其心以洩其

憤至壯者少者則灌以煤油焚以柴火而紅顏少婦深閨處女則裸體負於馬背以行是堡也計被害者凡七十餘人惟某氏子衣以破襖僞爲同黨外出呼喚黨羽者始得兎脫其間滅門絕嗣者不下數十戶掠未終日人死財散盡爲瓦礫塲矣嗚呼慘哉閱二日馮家瓦房亦被刦斯地獨以瓦房稱者因邑多草廬故名蓋標異也瓦房東北隅駐有抽釐分卡司事爲南人是日匪至往搜其室得銅元五千去逾刻餘鐘一隊又至搶其衣服行李焉不數分鐘又一隊蜂擁而至取無可取索無可索覩司事某赤身危坐僅剩一布袴一破鞋及襪他無長物憤甚嬲之去某無奈從之行未三里監送者曰此袴豈爾物耶速脫却與我某遂與之互易取彼破袴衣之前後洞闢不能蔽體某俯首自顧頗有難色匪旋摑其頰曰爾尙戀戀一袴耶某不敢置辯將前行一人又曰襪與我又奪其舊襪及臭穢之足布以去復行不一里履草鞋者曰破布鞋與我又攘之去不半日寸絲尺布盡爲他人有矣某着草履堅硬殊甚不良於行足底起血泡二大如覆杯痛不可忍舉步艱滯監者以馬箠鞭其背血液

頓停青紫如茄交叉若網強行數百武又一人脫破草履與之易其新者焉至此剝削殆盡惟孑然一身而已督斥始得稍懈迨經某村午膳有鄉人識某爲釐卡司事笑謂監送者曰彼亦窮漢背井離家來此混飯者要彼往將焉求監者恍然大悟縱之去某不敢挺身而返恐遇其後來之黨羽指爲逃犯遂匍匐入雜糧陰中穿鈎籐而蛇行蜿蜒凡二三里見四圍無人始直立反奔然頭面及兩臂均出血如珠蓋爲鈎籐所刺也不數武又遇一匪舉槍遙擊之不中復俯身隱匿始得免於難行至薄暮抵一水塘寬可十數丈一白無際不敢涉足入雷池一步臨流興歎欲效屈原心殊不忍正欷歔間來一鄉人告以故鄉人頗豪俠曰撫吾臂隨吾涉區區行潦何懼之有既濟越一村舍卽鄉人居也邀至其家款以酒食懃懃懇懇待之至優彼又告某曰此間不可以久留暫宿一宵明日當爲君雇車返也某唯唯感謝不已詎玉月一彎銀河高掛雖則萬籟俱寂而驚駭恐怖之人腦亂耳鳴不啻車馬槍炮聲尙在四壁也卒不成眠加以周身皆血而脚尤痛楚既腫且破跬步難行人非木石其何

以堪幸翌日得乘車遄返生命猶得安全然已飽受慘痛矣傳某逃至此氣竭聲嘶血淚潮湧淒然謂余曰君亦知宿邑土匪不猖獗於南省獨立之前而猖獗於取消獨立之後何歟方張勳南下也使人往勸匪魁投誠率其黨羽南攻金陵寄張翼下匪魁應允者僅一人他殊不願某笑語之曰老帥識諸君有膽略頗器重爲望好自爲之後會之期當不遠也於是知張可通聲氣必莫余毒遂横行無忌愈加殘暴若推其不願投誠之故則取鑒於前車之覆非畏張也去歲南省某旅奉部命剿匪陰遣宵小說以投効來魁首一祕書一均被拘於宿遷縣署嚴索頭目凡三十餘人悉戮於市皆祕書某秀才所指導也秀才死最後初以縣令信任頗篤故被誘盡吐其實繼知中計悔之晚矣臨刑深自懺悔曰吾誤諸兄弟矣泣不能仰遂就戮今秋匪首不爲張動直此故耳不以張軍又多一番威勢矣嗚呼人稱官軍官軍實土匪也余曰君何知之稔耶傳曰余友爲兗州某局司事來語余者彼辮子軍多馬賊爲去歲所招撫者也余問貴友南下安所適乎曰彼本北人往金陵謀樊汉事也繼又語

余曰余老矣余爲杭人久不見容於同儕矣況處此驚濤駭浪中乎語時搖首者再若回溯之不勝恐怖者余曰君亦嘗其風味耶曰余頗僥倖一日土匪過余局余使老僕於戶外設一案上置西瓜數十香茗十餘盆爲彼解渴余則獨坐室中吸水煙凡兩盒計歷一小時之久過者始盡然余心殊戰慄强自矜持已不知灰燼狼籍圍余榻作點點梅花密霧濃煙籠余室作雲中老鶴矣嗚呼痛哉草木皆兵將恐將懼迄今言之猶有餘恨也語畢荻花瑟瑟秋風淒淒流水潺潺聲聲相應促余等入睡鄉去已不知人世間復有此慘劇惟於醉夢中如身臨其境飽受種種荼毒已耳翌晨抵鐵甕城各自東西臨別依依若含宿憤焉噫此老何人亦官僚中一份子也然能慷慨激昂痛恤民隱誓不與北人共處亦庸中佼佼者姑誌之曰舟中人

琴仙

琴仙京都名校書也幼敏慧好讀工書法珠圓玉潤韶秀可觀有右軍遺風焉貌亦擅美與才相稱又長於彈唱瑤琴一曲目送手揮高下疾徐自然中節惜乎高山流

水未卜知音淚濕青衫誰爲司馬間有王孫公子爭擲纏頭校書不一顧非薄於情蓋有所痴也汴中某生風流名士也因事入都與校書班荆道故如舊相識旋訂白首之盟月夕花晨或曼歌相唱答或品藻其書翰樂甚校書遇生愁則勸以加餐寒則衣以文繡病則親視湯藥用情亦摯奈愛河愈漲恨海愈深痴無明珠十斛秋痕徒受折磨耳生與校書有同情焉未幾生歸河南校書亦至河重逢於洛浦牽裾話舊泣不能仰蓋校書戀生慢客門前冷落車馬稀因遷地爲良也無如生已中年懺悔浪遊既懶着畫眉之筆阮囊羞澀終難踐脫籍之言曾贈以律詩四首並序云杏花香滿春風著意之天楊柳嬌藏夜月消魂之地朝朝暮暮帳暖鴛鴦翠翠紅紅金迷蛺蝶名心十載羅昭諫京國之游月色二分杜司勳揚州之夢凡逢勝地最繫情懷但歷歡場便思身世昔之人所以流連羅綺感慨笙歌荻花動遷客之思香草託美人之怨者此也而况舊時郭隗早已游燕此日陸機依然入洛江湖無賴羈旅多愁遂乃知己兩三游蹤一二問東家之窈窕訪北地之胭脂則有碧玉名珠紅樓妙

選芙蓉明艷蘭芷芳華贈芍藥以宜妝啓櫻桃而欲笑慧心濡筆妙解銀鈎纖手彈箏慣調金柱喜鶯鶯之猶在未免有情歌燕燕以歸來似曾相識樽前對坐已知袁寶之憨茶罷攀談早解相如之渴天涯浪跡客路工愁書劍東西舟車南北三年京廛曾識雲英兩度天台又來阮肇豈僊緣之未斷故人面之依然遂乃柳巷籠燈蕉窗剪燭或筵前召客便遞紅箋或影裏聞歌頻呼綠酒或一燈烟火時遭燕子之嗔或幾疊霓裳戲學鸚哥之語殘更曉漏追問何其樂事賞心誰能遣此然而時光易改彼此相憐潘安仁已近中年白司馬最憐商婦黃金力薄難求解語之花紅豆情深即是相思之草所望情天彌補早呼靈鵲以成橋莫致恨海浮沈竟效寃禽之銜石念知心而難得賦長律以寫懷僕本恨人聊爲錦瑟華年之詠卿眞憐我請唱旂亭畫壁之詞詩曰誰家金屋鎖嬋娟曾是當年侍綺筵洛浦通辭重會合天台註籍舊神仙生來蓮子絲難斷修到梅花夢又圓苦憶鳳鸞飄泊感春風南北已三年搔頭斜插嬋雲鬟羅襪香塵若往還身數排行秋七夕眉描新樣月雙彎閒情玉管書

心事素手銀箏約指環記得前番中酒夜倦舒星眼暈紅顏平生花裏算知音佯怒佯嗔最不禁錦帕代酬將妾意藍橋重訪見郎心親翻衣笥防寒嫩私贈刀圭怕病深一事頻煩君繫念酒邊含笑賀泥金何處明珠贖翠娥此生綿力總無多抛他子夜雙聲曲負汝丁娘十索歌記取驚花須解脫可憐駒隙易蹉跎玉臺莫更誇新詠其奈徐陵懊惱何觀此情致纏綿音韻鏗鏘有心人當爲之一哭後校書沉淪孽海知救濟乏策遂抑鬱成疾以終其身嗚呼天下不乏有情人類皆逆情以死不得適情以終彼蒼亦何無情之甚歟

巽瓜

淮陰丁某老圃也家置田數十畝高而瘠不宜於稻麥歲種瓜爲生凡淮南喜食瓜者及肩客販夫皆踵門爭購羡丁所種瓜碩大蕃滋味無不美他人雖取法竊效莫能及也丁業此已數十年經驗極富有叩其術者謂風涼茄子自在瓜此妙訣也瓜之本欲舒植欲稀蒔欲勤培欲遲其長也則根深蒂固既少巽種之歎淩發育自由

又無同類之窒礙瓜瓞自綿綿矣辛亥夏秋之交丁氏圃中有名香瓜者忽變其形態丁大奇欲窮其異栽培倍至朝則荷鋤携噴筒以往暮則帶月而歸間數旬瓜已纍纍熟而形態則終未復舊香瓜本黃金色形橢圓而四圍有凹痕如橘瓣者嗅之香可撲鼻故名香瓜有名黃金墜象形也今則黃者變而爲卵色矣半黃半白無香可愛熟時自凹處片片分裂初則罅隙一線螻蟻萬千紛紛鑽入吸其蜜質棄其渣滓而後至者絡繹不絕途幾爲塞久且蠅蚋蛄[虫+最]趨羶赴腥勢如雷動必瓜之脂肪罄始息然能保護之不使分甘者紛至沓來破而食之甘如蜜香如蕉味且美而愈鮮土人名之曰迸瓜以瓜自迸裂故名又轉爲洋糖迸以味甜似蔗糖故名瓜之葉狀如掌葉緣有缺如鋸齒掩蓋於瓜之四周自瓜居中若龍銜珠玩於唇齒間者取而諦視之瓜之落英處又有小圓形隆然起似人頭故俗又曰猴頭瓜其種子作黑色狀至不一有肥大者有羸弱者種皮之膨脹力彈性力極大曝於日中自裂時聲如破竹時人謂瓜之裂爲種子所漲故纖維斷而不能借表皮以約束其種子後有

執是說以問丁者丁曰子言誠然特不知瓜之裂由於種子之裂耳問者曰其理可得聞歟曰可余於瓜熟時多壅以糞土灌以金汁之過也彼時瓜已成熟外皮堅緻軀殼已不再增余猶膏以肥料而種子適在發育期中故得吸收糞土之力以裂其表皮也聞者歎曰善哉言乎今吾國勢將瓜裂用子之言移而醫國可也丁曰我知種瓜而已醫國非吾業也狂笑而去嗚呼老圃言種瓜術隱隱含種瓜得瓜種豆得豆之意似罪己之術疏以取分裂者老圃殆賢而隱者歟何其言之有道若斯也余因傳其事以爲自裂其國者戒

郁文

大興郁文官裔也少聰穎年十六食餼於庠矯矯有聲戚黨推爲遠到才及長不務正業慣與無賴伍徵逐柳巷蕩而忘返無賴時欺侮之郁一弱書生不能抗憤甚遂師某寺僧學少林術不數年術成膂力絕倫無賴咸畏懼之或退避三舍或奉以爲師而淫穢之行愈不知悛橫行鄉里爲人所不齒然貌頗姣媚肌膚潔白如玉酷類

女子人遂以玉公子稱焉鉅萬家貲浪費殆盡嗤之者咸曰官家作孽錢固當如是郁聞之亦不以爲忤惟終日醉飽而已一日有賣技之女名倩霞者修短合度丹唇皓齒羅襦翠鈿穠纖得中而繩技尤精蹀躞於軟索之上或倒步或側行或一足立或倒懸復躍起徘徊往復翩若驚鴻婉若游龍阿閣之舞鳳宓妃之凌波殆不是過遠而望之皎如太陽升朝霞迫而察之灼如芙蓉出淥波郁目眩久之神離心亂不知所措然江湖客浪游四海以道路爲家凡所到處無賴子弟皆引爲知己以故郁與女絮語亦唯唯稱是初不知西子之不容唐突也翌日演技處忽張求婿廣告謂倩霞端坐時有能以手動搖之者無論貧富貴賤當援射屏中目例以女妻之時康衢中人人耳語無不引爲奇聞以是利市三倍觀者日以千計迨期至問津者絕鮮郁則欣喜欲狂自負色藝以爲東床坦腹舍我其誰有操券而獲之概既而一二傖夫俗子聊試其體力推之以掌倩霞一笑置之如以卵擊巨石草曳棟樑耳未幾郁攘臂以前衆譁笑稱善以爲郁其勁敵也詎倩霞端如泥塑不稍震撼衆奇驚郁快

快退大失所望然戀戀不忍遽去似除卻巫山不是雲矣衆既散郁又膝行而前求爲門弟子藉以遨遊山水物色名師技師許之因攜之去郁與倩霞朝夕與俱被其容接如登龍門而天生尤物柔情綽態又溢於語言郁遂益不自禁但以無禮相侵犯則怒形於色切齒厲聲曰登徒子豈欺我雙環雛稚不能握拳透掌徒爲嚙齒穿齦耶毋以生命輕自嘗試也郁自是屏息而退雖奔走左右敬之如賓無敢或侮閱年餘賣技徧大江以北所至處莫不以求婿招徠觀客而中者無一人郁始知其妄也某日經皖之歙縣有富家子與土豪王生遊王夙惡其吝每導其子以不軌之行初覩倩霞色竊心艷之思染以指撼之不能動旋嗾富家子亦撼之應手而倒觀者大譁曰女耶姣好不讓月中仙子之子幾生修到耶或曰非之子之富又誰能築金屋以藏此阿嬌乎一時羡之者有人嫉之者有人爲之隱憂者亦不乏人疑信盖參半焉忽技師某爲倩霞道賀似將踐其言者霞紅暈於頰若帶雨桃花而嫣然一笑瓠犀微露又若榴實半吐晶光耀彩觀者目逆而送之亦怦然心動技師又撫佳婿

之肩殷殷問其家世某亦靦赧不能答王乃爲之道其詳技師請涓吉納采意頗誠懇識者知富家子中王生計不知青蚨飛却幾許矣須臾技師囑王作伐約以翌日迎娶王咿唔而去郁則神喪氣沮若重有憂者蓋慮神仙眷屬竟爲他人有而負其追隨數載之勤勞也作事顚倒呆若木雞倩霞憤之甚唾其面摑其頰郁益不平然畏其強而有力不敢攖其鋒惟鬱鬱不樂自怨自艾已耳明日技師造謁王生王生聆其言果屬意於富家子駭甚見技師又辭不容却遂強與富翁某言之某大怒曰天下豈有此無恥徒耶果滋擾者當送將官裏去王曰此輩江湖客宜善御之不可結怨取辱也某不察其意倔強如故迨午後技師盛服踵門謁見某翁翁拒不納而門庭議論紛起謂開門揖盜烏乎可者翁乃大懼急遣人覓王生以錢二百緡託王善爲說辭以寢其事王與技師分饗之次日遂斂跡去郁聞命大喜過望以爲胭脂虎威風凜凜懦夫不敢問津最後之姻緣當非我莫屬矣自是小心翼翼奉命唯謹凡倩霞一舉手一投足之勞無不願以身代而侍候備至不數月浪蕩至湘南遇一

技者倩霞等一見如故有通家之好郁僅知其爲戚誼不知其他從此聯合賣技跋山涉水又歷數十晨昏而郁生思得嘉耦之夢猶未醒也及抵某村倩霞嫁期已至始知湖南所遇者卽其婿家而羅敷自有夫矣郁恍然若失悔前此歷盡風霜已成幻影悲不自勝遂辭主人而去臨行泣謂倩霞曰恨海茫茫情天難補幾何不誤我終生耶倩霞歎曰痴情郎亦知貞女不事二夫耶赤繩早繫豈容後悔彼老蒼頭求婿之舉特戲言耳語畢各揮淚如雨不勝依依之情繼而倩霞囑郁前途鄭重後會有期怏怏而別今郁文流落江淮間乞食於市以求苟活醉酒之餘話風流佳事猶悽然有餘恨云

獵婦

獵婦周氏秦郵產也善鎗法百步外發無不中歲蕩小舟往來澤國獵鶩爲業薄有贏餘江湖暴客久耳其名思刼其財計無所出遂中止一日舟經鷗村樹林陰翳旁繫孤舟溪水澄清環抱作帶蓋漁家也其間茅舍竹籬以整以潔望而知其小康焉

停橈晚炊將作宿計忽小艇三五急駛而來周氏不知爲何許人淡然處之既近短衣窄袖者凡十數輩一躍登陸逕向宅中去須臾燈火輝煌衣物捆載而出舟爲之滿負荷者猶絡繹不絕而路有遺物初不回首顧爲狀似甚倉皇氏訝之疑非善類繼隱隱聞呼救聲達於耳鼓遂益信潛移其舟入蘆洲中繞至村前距村可數十步出槍擊舟子當者輒仆室中人聲嘈雜若不聞也者及斃其夥橫臥道上血流成渠始察覺俄一人出觀其動靜徐行至岸側正舉目四顧一彈中之躓而顛接踵至者凡三人亦如之未幾群盜譁譟欲解纜去呼招舟子無一應者倉猝中自主船政墮槳失舵既不慣操舟向蘆中還擊又不能命中益惶懼急思兎脫爭搖蘭槳有落水死者有中彈倒者待放棹中流生者僅二三人侵晨氏入某宅視之老幼均被縛釋之出使收其衣物拋其屍放其船悉付東流而滅其跡曰毋報官徒自擾也某唯唯感其德不置欲以筵席爲謝氏固辭臨行復囑之曰汝必徙宅以避其鋒虎口餘生萬千鄭重隨挂帆去久之賊黨聞風知暗擊者爲氏嚙之切骨屢欲報之因氏防範

綦嚴不果某歲泛棹至大縱湖群盜尾其後蕩舟二夾攻於中流勢甚猛氏左右射彈無虛發其夫棹小艇亦倏東倏西矯如游龍酣戰踰時不損毫末而盜之傷及死者已不可勝數循知不敵鼓棹而逃氏大笑曰好男兒無好身手乃作驚弓之鳥耶追之越里許賊舟自港汊紛歧處遯而避之氏偵覓再三杳無蹤跡始嗒然返自是夜必枕槍而臥以防不虞時閱年餘安然如故警備因稍懈忽一日薄暮携壺沽酒正欣然往某市去有盜三人要於途曰娘子安往氏未及答舉短銃以示之曰請飼此氏笑曰賊子惡作劇幾何不驚墮我玉壺耶盜猛擊之曰休嘵舌逞英雄鎗珠貫汝喉矣氏一閃身彈穿樹枝去而已已立於二人之後出其短銃射一人肩曰老娘饒汝狗命此後休來討死隨返身不顧而去盜復呼止之曰使我三戰三北江湖中好女子也自今以往言歸于好其許我否氏笑曰君子不欲多上人吾豈好爲已甚耶脫能痛改前非吾無不與也盜聆其言感佩不置遂邀往某市聚飲集其黨羽多人命以師事之氏之名遂大噪於世江淮健兒多知其事者今年巳花甲其子若孫

猶操故業云

鐵冷曰仗義擊賊應彈而倒藝固足多慷慨激昂拯人之難不顧一巳之私雖屢蹈於危而不悔俠丈夫不是過也噫盜賊蠭起外患憑陵安得獵婦百千出而掃除之耶

鐵冷叢談跋

自古才人不遇每縱情於品評花月以遣其傷時感物之懷或肆力於纂述見聞以寓其激濁揚清之意故所行愈獨所遭逢愈艱難所學愈宏所著作愈繁富嗟乎詩三百篇大抵賢人發憤之所爲作太史公蓋慨乎言之然抑何沈痛也鐵冷先生璞素昧生平但往往於報紙中讀其文疎宕有逸氣而想見其爲人殆亦古之狂者歟況夫紅袖鍾情黃衫取義文傳節孝扶兩間之正氣筆伐奸邪掃大地之妖氛其與世道人心相關係者豈淺鮮耶先生叢譚之所由來者意在斯乎然干寶搜神多言怪誕聊齋誌異半說鬼狐不愈增人羣之魔障堅世俗之迷信乎今先生於此不經之談槪行屛棄其有功於名敎者尤足多矣璞入世未深所聞未廣且志行薄劣學術空疎不足以論先生之文第耿耿之心竊以爲先器識後文藝蓄道德能文章先生其庶幾乎哉故於其書之梓行贅以數語以誌景仰之私且使天下後世知先生

用。意。之。所。在。也。

鐵冷叢談 跋

臨川豁盦劉明璣撰

二

鐵冷叢譚勘誤表

卷數	頁數	行數	誤字	正字
序	一	八	而蘊於中	蘊於中而
序	五	六	域	蜮
序	十	七	行	發
序	十一	四	言言	言來
序	十二	七	民	己
序	十三	七	豈	豈
自敘	二	四	一	而
題詞	八	五	廬	盧
卷一	一	六	鋒	蜂
又	二	八	曰	日
又	二	九	之	去
又	三	十二	仰	抑
又	六	六	如有變	知有變
又	六	十	曰	自
又	八	十	棄	棄
又	九	五	人母	人毋
又	九	十二	如	時
又	十	四	當良家	當時良家
又	十	八	民	名
又	十二	四	稍	銷
又	十四	五	盾	眉
又	十五	八	者	其
又	十五	十二	出入	出作入
又	十六	五	僻孤	僻處孤
又	十六	八	手燃紙火	手然紙燃
又	十七	一	成	曾
又	十八	十二	攘	穰
[illegible]	[illegible]	[illegible]	[illegible]	[illegible]

卷數	頁數	行數	誤字	正字
卷四	六	十	遁	遁
又	九	五	又忘之之	則又忘之
又	十	七	廂	門
又	十三	六	抉	提
又	十四	一	斯生	斯生妻素娥也生
又	十四	二	儼	儷
又	十四	八	腰	腔
又	十四	十一	聲光	聲刀光
又	十四	十二	殺	殺
又	廿一	四	家	家
又	廿三	八	豁	撥
又	廿五	九	何以處	三字刪去
又	念五	十	和悅和	和悅如
又	廿六	十二	以	物
又	念九	五	猶	尤
又	三十	四	牀	狀
又	三十	五	一外界 果和	一與外界 相
又	三十一	十二	家貧無自	家貧無以 自
又	三十二	一	但	但
又	三十二	二	世	數
又	三十三	二	粉	紛
又	三十四	二	之	其
又	三十四	十二	圖	圖
又	三十五	十	章詞	詞章
又	[illegible]	十一	絕	放

又	十九	七	[illegible]	[illegible]
又	二十	二	擇	釋
又	二十一	七	匕	七
又	二十七	四	盾	眉
又	二十七	五	挪	揶
又	二十九	七	土	士
卷二	一	二	罄	磬
又	四	三	如	謂
又	四	九	浩	活
又	五	四	酣	甜
又	五	十	旣	復
又	六	六	是	此
又	七	八	庌	腭
又	七	八	補	餘
又	七	九	質	値
又	七	十	雖	甚
又	八	一	照	昭
又	九	十一	瀟	嘯
又	十一	十	罄	警
又	十二	五	逃	迷
又	十六	五	庸	備
又	十六	八	領	領
又	十六	八	翩翩	翩翩
又	十六	十一	慢	嫚
又	十七	十二	明	朋
又	十八	七	中	巾
又	十九	七	以自殞	之自殺
又	十九	一	許纓	許以纓
又	廿二	一	金是不	金不
又	二十二	八	歛	飲
又	二十三	五	識知	知識

又	[illegible]	[illegible]	[illegible]	[illegible]
又	三十七	一	白	曰
卷五	二	九	蠱	壺
又	三	五	時父	時其父
又	六	十	苦	此
又	六	十	捲席	席捲
又	八	十一	謂榜	謂季榜
又	十	四	齒生	生齒
又	十一	十一	允才	夫婦
又	十三	九	與	其
又	十九	三	讓	議
又	二十一	五	生	本
又	二十二	十二	文甫	文端甫
又	二十六	二一	二行	始泣曰夫之媚我者慼我也欲有求於我也妾之媚我者譴我也知前此愛河水濕高可過額非水之性使然
又	二十六	三	尊	事
又	二十七	六	江月	加第五行 爲字上
又	二十八	三	未防	未然
又	二十九	五	守	傷
又	二十九	七	我傷	我守
又	三十	三	第四行	加第三行
		四	門字	閉字下
又	三十三	一	第二行	加第一行
		二	況字	之字下
又	三十四	九	其表	表其
又	三十四	十	以	奪

又	卅三	五	當	而
又	廿四	十二	善	喜
又	廿五	十	徒	徒
又	二十九	十一	貝	見
又	三十	七	農村	村農
卷三	一	二	手	平
又	五	九	萵	藥
又	六	七	辦	辨
又	七	十	翠袖	袖翠
又	八	八	經	輕
又	九	十	叵	鉅
又	十	七	僧	佛
又	十二	九	援	授
又	十四	八	第	第
又	十五	九	彈	談
又	十七	十	盧	盧
又	十八	十	頗貌	貌頗
又	廿	三	勢	氣
又	廿	七	闇	詔
又	廿	十一	壞	壤
又	二十八	四	利	別
又	二十八	十	願	頗
又	二十九	十一	磬	磬
卷四	二	五	以妻之	以一妻
又	三	六	汲	及
又	四	七	懲以	以懲
又	四	十一	棠涉	棠牽涉
又	六	二	橙	櫈

又	三十五	四	濳窺之	加在之字上
又	三十五	七	鑠,	磔
又	三十七	三	奇	之
又	三十七	六	命立	命立任
又	三十七	六	子字	刪去
又	三十八	九	間	賴
又	三十八	九	知有期	有期知
卷六	一	九	壁	塵
又	三	八	某盜	盜某
又	三	十一	奔狂	狂奔
又	六	九	隨入	墮入
又	七	三	僧	僧
又	十	八	熱	勢
又	十一	七	術	斯
又	十二	十一	荷枷王	荷王
又	十五	五	爲	有
又	十六	三	其尺	長尺
又	十七	五	兵	速
又	十九	七	橙	櫈
又	二十三	十	以	然
又	二十四	十二	擾	優
又	二十五	四	痴無	痴珠無
又	二十五	五	河重	河南重
又	二十五	十二	棲	樓
又	二十八	二	間	闕
又	二十八	九	瓜居中	瓜居其中
跋	一	十二	敷	數

民國三年四月二十五日初版

鐵冷叢譚

定價大洋五角

編輯者　劉鐵冷君

總發行所　上海四馬路麥家圈東口　民權出版部

分售處　各省各大書坊

印刷者　上海寧波路十六號　國民印刷公司

哀情小說

蝶花劫出版預告

箸超著先生著述
宏富惟於小說不
肯輕易問世此書
都六萬餘言詞藻
事蹟兩俱卓絕茲
經敝部出版發行
有期登報披露定
價大洋五角外埠
加郵費三分
民權出版部謹啓

錦囊再版預告

錦囊一書內容花團
錦簇香艷絕倫發行
以還風行遐邇初版
已罄購者尚絡繹不
絕並荷愛閱　諸君
來函督責庸徇衆好
趕製再版約陽曆五
月中告竣藉副拳拳
之雅再者關於詢問
此書來函恕不再覆
民權出版部謹啓